브이 캡슐

브이 캡슐

Visual Capsule

이재은 장편 소설

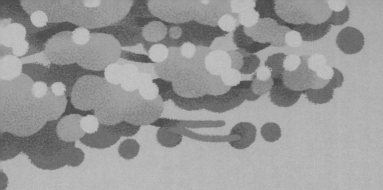

차례

가까와 먼까

일요일 오후, 당장 해야 할 일도, 함께 있어 줄 사람도 없는 시간에, 나는 수없이 쌓인 섭외 요청 메시지를 뒤적인다. 최근 들어 시시껄렁한 제안은 거절하는 편이지만, 오픈 런을 해도 웨이팅 목록에 이름을 올릴 수 없을 정도로 인기가 많은 카페의 협찬 요청은 유혹적이었다. 남들은 쉽게 못 가는 곳을 나는 마음만 먹으면 갈 수 있다는 걸 무심한 척 드러내고 싶기도 했다. 사실이다. 비주얼 시티 전 구역을 통틀어 내 이름이 통하지 않는 곳은 드물다. 나를 모르는 사람도 거의 없다. 내 진짜 모습을 아는 사람은 더 없지만…….

✐ ✐ ✐

카페에 방문을 예약하고 거리로 나섰다. 건물 외벽의 인터

랙티브 광고에서 지금의 얼굴과는 다른 내가 나오고 있었다. 저 광고를 찍던 순간의 나와 지금의 나는 전혀 다른 사람이면서 같은 사람이다. 외모는 닮은 구석이 단 한 곳도 없이 다르지만, 본체는 같은 사람. 그게 가능한 것은 여기가 '비주얼 시티'이기 때문이다.

🖋🖋🖋

비주얼 시티는 도시 전체에 햅틱 기술과 홀로그램을 결합한 비주얼 시스템을 적용한 공간이다. 비주얼 시티 곳곳에 자리 잡은 비주얼 시스템 타워를 통해 대기 중에 홀로그램 구현을 위한 레이저 광선이 뿌려진다. 도시에 촘촘히 깔린 광선과 내가 가진 비주얼템이 만나면 다양한 홀로그램이 만들어져 인체의 겉모습에 덧씌워진다. 보이는 것만 그런 게 아니라, 손대는 순간 진동을 일으켜 보이는 것 그대로 촉감을 느끼게 하는 정교한 햅틱 기술까지 결합한 것이 특징이다.

최근에는 외모에 맞는 목소리까지 구현해 감쪽같이 다른 사람이 될 수 있다. 머리칼의 길이며 색깔, 얼굴형, 눈동자의 색이나 눈썹 모양은 물론이고, 몸의 굴곡이나 가슴의 모양, 발의 크기와 손가락의 길이까지 고를 수 있다. 의상 역시 수없이 많

다. 명품 브랜드와 콜라보한 비주얼템부터 매년 트렌드에 맞게 디자인되는 다양한 옷이 있어 기분 내키면 하루에도 수십 번씩 쉽게 옷을 갈아입을 수 있다. 물론 그 비주얼템을 모두 소장하고 있다는 전제하에 가능한 얘기다. 비주얼템의 가격은 꽤 비싸다. 그러니 사람들은 대개 쉽게 외모가 달라 보일 수 있는 비주얼템부터 사들이기 시작한다. 갸름한 얼굴형이나 큰 눈, 오똑한 코가 가장 인기 상품이다. 그 결과 비주얼 시티를 오가는 사람들은 어딘가 모르게 서로 닮아 있다.

✎✎✎

닮은 듯 다른 사람들이 가득 오가는 카페 거리 어귀가 소란스러웠다. 소음의 정체를 확인하려는 순간, 한 남자가 큰 소리로 외쳤다.

"가짜를 벗고 진짜로 돌아갑시다!"

그러자 그 사람을 둘러싸고 있던 사람들이 함께 소리 질렀다.

"이젠 비주얼템을 벗읍시다!"

선두에 선 남자는 손을 들어 올리더니 다시 외치며 전진했다.

"가짜가 아닌 진짜를 찾읍시다!"

"이젠 비주얼템을 벗읍시다!"

그 남자와 무리가 발걸음을 옮길 때마다 사람들이 황급히 물러서며 자리를 피했다. 갈라선 사람들 사이로 그제야 그 남자의 손끝에 잡힌 물체가 눈에 들어왔다. 브이 캡슐이었다.

브이 캡슐은 기껏해야 5센티미터가 될까 말까 한 길쭉한 캡슐 모양의 상품이다. 캡슐의 위아래를 잡고 돌려 열면 그 안에 있던 광선 방해 물질이 순식간에 안개처럼 뿜어져 나온다. 안개 속엔 비주얼 시스템 체계를 방해하는 미세한 분말이 촘촘하게 들어 있다. 브이 캡슐에서 나온 안개의 사정거리는 딱 사람 한 명이 뒤집어쓸 정도다. 그래서 브이 캡슐을 적용할 사람이 있다면 최대한 가까이 다가가, 되도록 대상자의 머리 위에서 뚜껑을 여는 것이 좋다.

일단 브이 캡슐 안의 물질을 뒤집어쓴다면, 그 사람이 입고 있던 비주얼템은 순식간에 사라져 버린다. 누구에게도 들키고 싶지 않은 진짜 모습이 무방비로 드러난다. 이런 정보는 나도 뉴스를 통해서만 접했을 뿐이다. 최근 들어 번화가에서 브이 캡슐을 든 무리들이 시위를 벌인다는 소식은 들었지만, 이렇게 코앞에서 마주하게 될 줄은 몰랐다.

브이 캡슐을 손에 든 남자가 서서히 내가 있는 쪽으로 걸어왔다. 나도 모르게 뒷걸음질을 쳤다. 여기 있는 사람들은 내가 누구인지 아무도 모르지만, 불쾌한 상황을 굳이 만들 필요는 없으니까 피해야 한다. 나를 포함한 거리의 사람들이 서서히 시위대에게서 거리를 두던 그때, 내 앞으로 대여섯 걸음 정도 떨어진 건물에서 대학생 정도로 보이는 여자가 나왔다. 그녀는 영문도 모르고 시위대의 정면에 마주 서게 됐다.

길거리에 있는 모든 이들의 시선이 갑자기 등장한 그 여자에게 집중됐다. 그녀는 어수선한 길거리를 예상하지 못했는지 상황을 파악하며 두리번대고 있었다. 브이 캡슐을 든 남자가 그녀에게로 다가갔다.

그가 누구인지 미처 깨닫기도 전에, 그녀의 머리 위에서 브이 캡슐이 터졌다.

브이 캡슐이 그녀를 감싸자 그녀를 덮고 있던 비주얼템이 순식간에 사라졌다. 비주얼템이 걷히고 나타난 것은 맙소사, 실오라기 하나 걸치지 않은 그녀의 알몸이었다.

거리가 얼어붙은 듯 1초간의 정적, 그리고 곧이어…….

"꺄!"

그녀가 비명을 지르며 가장 가까운 곳에 서 있던 나에게로 뛰어왔다. 미처 피할 새도 없이 그녀가 날 붙들고 늘어졌다. 순식간에 습격을 당한 나는 휘청거려 넘어질 뻔했다. 그녀가 내 뒤로 숨으며 외쳤다.

"도와주세요! 저 좀 숨겨 주세요."

"어, 저기…… 일단 이것 좀 놓으세요."

나는 그녀가 붙잡고 있는 내 팔뚝에서 그녀의 손을 치우며 말했다. 그녀의 손이 맞닿은 팔뚝은 브이 캡슐 효과 때문에 언뜻언뜻 희미하게 본체가 비쳐 보였다.

'내가 안에 뭘 챙겨 입고 나왔더라?'

이 생각이 들자 정신이 번쩍 들었다. 그녀가 매달려 있는 내 뒷모습은 지금 비주얼템이 벗겨져 있을 것이다. 맙소사, 이렇게 많은 사람에게 진짜 모습을 보이다니. 이건 명백한 사고였다. 이대로 당할 순 없었다. 몸을 휙 돌려 그녀를 떼어 내며 말했다.

"저리 비키세요. 어차피 제 비주얼템으로는 당신을 가려 주지 못해요."

돌아서는 순간, 그녀가 이번에는 내 손목을 붙잡았다.

"아가씨, 제발……. 나 좀 살려 줘. 뭐라도 안에 입고 있는 옷, 없어?"

그녀는 심지어 눈물까지 펑펑 쏟으며 내게로 얼굴을 가까이

들이밀고 말했다. 눈을 마주치고 있기 힘들어 고개를 떨구자, 그녀의 손에 잡힌 내 손목이 눈에 들어왔다. 비주얼템인 화려한 팔찌와 흰 피부가 희미해지고 본래의 까무잡잡한 피부톤이 비쳐 보였다. 그 순간, 내 의지와 상관없이 벌어지고 있는 이 상황이 견딜 수 없이 괴롭고 혼란스러웠다.

"저리 꺼지라고!"

나조차 놀랄 정도의 큰 소리로 화를 내고 말았다. 힘차게 팔을 휘저어 그녀의 손을 휙 뿌리치고 멀리 뒤로 물러섰다. 그제야 주변을 둘러보니 나뿐만이 아니라 모두가 그녀를 둘러싼 채 이미 물러서 있었다. 그중 몇몇은 카메라를 들이대고 있었으며, 몇몇은 수군대고 있었고, 몇몇은 어딘가로 연락을 취하기도 했다. 모두의 시선이 그녀와 나를 향하고 있는 것만 같았다.

그녀는 어쩔 줄을 모르다가 몸을 가리고 바닥에 주저앉았다. 예상치 못한 알몸 출현에 브이 캡슐을 터트린 시위의 주동자조차 당황한 듯 보였다. 그도 그럴 것이 최근에 빈번히 일어나는 브이 캡슐 테러 때문에 실제 옷으로 기본 복장은 갖춰 입는 사람들이 대부분이기 때문이다.

현재 걸치고 있는 비주얼템이 백여 개쯤 되는 내 앞에서, '비주얼템 없음'이 되어 버린 알몸의 그녀가 떨고 있었다. 비주얼 템이 사라진 그녀의 얼굴은 우리 엄마 정도의 나이로 보였다. 사실 엄마도 제 나이에 맞는 얼굴을 착용한 적은 드물지만 말이다.

그녀는 주변을 둘러싼 사람들에게 원망의 눈길을 보냈다. 그녀가 건물 밖으로 나왔을 때, 누군가가 조심하라고 소리를 쳤거나 그녀에게 브이 캡슐을 든 사내가 다가갈 때 누군가 막아서기라도 했다면, 이런 꼴을 당하지 않아도 됐을 텐데……. 하지만 누가 쉽게 다가갈 수 있을까. 브이 캡슐은 순식간에 나를 사라지게 만들고 동시에 진짜 나의 모습을 보여 준다.

브이 캡슐을 터트렸던 남자가 자신의 티셔츠를 벗더니 그녀에게 건넸다. 아직 브이 캡슐의 효력이 적용되고 있는 그녀의 주변으로 비주얼템이 건네진다면 옷은 순식간에 사라질 것이다. 다행히 티셔츠는 비주얼템이 아니라 진짜 옷이었다. 그녀는 허겁지겁 티셔츠를 몸에 걸쳤다. 떨고 있는 그녀의 곁으로 브이 캡슐을 던졌던 사내가 다가와 말했다.

"미안합니다. 캡슐 효력은 5분 정도라 이제 곧 끝날 거예요."

그가 그녀에게서 물러나던 그때, 그녀의 비주얼템이 돌아왔다. 조금 전까지 벌거벗겨진 채 떨고 있던 그녀의 모습은 온데 간데없었다. 심지어 눈물로 얼룩져 퉁퉁 부어 있던 얼굴은 생기 넘치는 깔끔한 인상이 되었다. 여자가 웅크렸던 몸을 일으키더니 소리쳤다.

"너희들, 내가 가만있을 줄 알아? 싹 다 고소해 버릴 거야. 당신들도 마찬가지야. 도와주지는 못할망정 뭘 그렇게 찍어 대는 거야!"

군중을 향해 소리치던 여자의 시선이 이번에는 나를 향했다.

"특히 너! 걸치고 있는 게 그렇게 많으면서 한 벌을 안 벗어 줘? 그렇게 살다가 똑같이 나처럼 당해 버리라고 저주할 거야."

그녀가 눈을 부라리며 사납게 얘기했지만, 난 하나도 무섭지 않았다. 나는 그녀의 눈을 똑바로 보며 말했다.

"내가 아무리 많은 비주얼템을 걸치고 있으면 뭐 해요. 그걸 줬다간 캡슐 때문에 다 사라졌을 거라고요. 그리고 저도 아줌마가 달려드는 바람에 등이 벗겨지고 난리였거든요. 나도 피해자라고요."

"뭐? 아줌마? 내가 어딜 봐서 아줌마로 보여! 어디 너도 한번 벗어 봐! 아줌만지 할머닌지 너도 벗어 보라고! 브이 캡슐

어딨어? 이리 줘 봐. 어서 내놓으라고!"

그녀가 씩씩대며 브이 캡슐을 갖고 있던 사내를 찾았다. 그녀가 그를 찾기도 전에 사내가 앞으로 나서더니 말했다.

"이제 브이 캡슐은 없어요. 우리 모두 가짜를 벗고 본 모습을 찾기를 바랍니다."

그의 곁에 있던 동료들이 우물쭈물하더니 작은 목소리로 함께 말했다.

"비, 비주얼템을 벗읍시다!"

"오늘은 여기까지 하겠습니다. 해산!"

시위 주동자인 사내가 말하자 시위대는 순식간에 거리에 스며들 듯 사라졌다. 잔뜩 화나 있던 그녀도 화를 낼 대상이 사라지자 기운이 빠진 듯 허탈해했다. 그 후 그녀가 할 수 있는 일은 이 거리를 떠나는 일뿐이었다.

그녀가 사라진 거리는 금세 원래대로 돌아갔다. 순식간에 모든 것이 제자리로 돌아왔지만, 나는 마음의 갈피를 잡기가 힘들었다. 분명한 것은 아무 일이 없다는 듯 카페에 앉아 예쁜 척하며 사진을 찍고 싶은 기분은 아니라는 것이다. 가려고 했던 신상 카페의 입구에는 변함없이 줄이 길게 늘어서 있었다. 나는 그 줄을 지나쳐 집으로 향했다.

집 현관문을 열자마자 눈에 들어온 것은 소파에 길게 누워 있는 아빠였다. 한동안 안 보이더니 기척도 없이 나타나서는 아무 일도 없었다는 듯 나에게 말을 건넨다.

"우리 딸 맞지? 못 본 새에 더 예뻐졌구나. 아니, 그새 또 달라졌구나. 우리 딸 얼굴 좀 보여 줘. 진짜 얼굴을 까먹겠어."

소파에서 몸을 일으킨 아빠가 나를 붙잡았지만, 나는 몸을 돌려 피하며 말했다.

"피곤해요. 방에서 쉴게요."

"그래. 반갑지 않은 건 알겠다. 그래도 오랜만에 만났는데, 궁금한 것도 없니?"

"없어요. 궁금한 걸 물어보기엔 우리가 떨어져 있던 시간이 너무 길었잖아요. 서로에 대한 궁금증도 관심에서 나오는 건데, 아빠 우리한테 관심이 없잖아?"

내가 날카롭게 쏘아붙이자 아빠는 당황한 듯 보였다.

"관심이 없긴, 아빠는 늘 네 생각뿐이란다."

"지난주에 내 생일이었던 건 알고 있어요? 아니 뭐 기대도 안 했지만, 선물은커녕 연락도 없었으면서 내 생각뿐이라고요? 말이 되는 소리를 하세요."

"도은아. 그건……. 아빠가 사정이……."

"그만하세요. 들어갈게요."

오랜만에 본 아빠의 얼굴은 늙어 있었다. 아빠는 웬만해선 비주얼템을 쓰지 않아서 떨어져 있던 시간의 흐름이 고스란히 얼굴에 담겨 있다. 아빠처럼 나이 든 얼굴은 비주얼 시티에서는 찾아보기 힘들다. 그래서 오히려 더 특별하다. 나와는 다른 의미로 아빠는 유명하다. 이곳 비주얼 시티에서 가장 자주 외모를 갈아 끼우는 아내와 화려한 비주얼 인플루언서인 딸과 함께 사는, 늙어 가는 얼굴의 중년 남자로 말이다.

방에 들어와 샤워했다. 하루 중 단 두 번, 본래의 외모로 돌아가는 시간이다. 샤워를 마친 후 거울 앞에 선 내 민낯은 익숙하면서도 낯설었다. 비주얼템을 벗은 내 볼에는 열여덟 살이라는 내 나이답게 뾰루지 두어 개가 올라와 있었다. 남에게 보이지 않는 상처는 그저 좀 성가실 뿐이다. 나 혼자 달래 주면 그만이다.

뾰루지에 연고를 바른 후, 다시 비주얼템을 골랐다. 최근에 있었던 설문 조사에서는 자신만의 공간에서 비주얼템을 벗는다는 비율이 무려 90퍼센트에 달했다. 하지만 나는 나머지 10퍼센트 중 한 명이다. 나로서는 비주얼템을 쓸 수 있는데도 안

쓰는 이유를 도무지 알 수 없다. 아마도 벗는다고 대답한 사람들은 비주얼 시스템이 집 안까지 적용되지 않는 곳에 살기 때문이 아닐까 짐작만 해 볼 따름이다. 비주얼 시티 내에서도 주거 공간까지 구석구석 비주얼 시스템이 작동하는 곳은 우리 집을 포함해서 몇몇 곳뿐이다.

자기 전, 혼자만의 시간에 어울리는 화장기 없는 피부와 귀여운 파자마를 골랐다. 어쩐지 심심해 보여 동그란 눈도 추가했다. 파리한 입술에 생기를 주고 나니 그제야 만족감이 들었다.

학교 과제도 있고, 소셜 미디어에 새로운 사진도 올려야 하는데 의욕이 생기지 않았다. 온몸의 기운이 다 발바닥으로 빠져나가는 기분이 들었지만 거울 속의 내 모습만큼은 쌩쌩했다.

내 진짜 기분이 어떻든 간에 상관없다. 내 안에 감추어 둔 본모습은 나에게조차 숨기고 싶었다. 아니, 이제 무엇이 진짜인지도 헷갈린다. 나에겐 비주얼템은 꾸밈 아이템이 아니라, 자아 그 자체니까……. 비주얼템이 허용되는 나이인 여덟 살엔 엄마가 나를 그렇게 만들었고, 이제는 내가 스스로 그렇게 선택한 채 10년을 살아왔다.

나는 생기가 넘치는 모습에 어울리지 않게, 느릿느릿 이불

속으로 파고들었다. 똑바로 누워 눈을 감으니 낮에 있었던 일이 어쩔 수 없이 떠올랐다. 그녀에게 붙잡혔던 손목을 들어 보았다. 아까와는 또 다른 굵기와 피부 결이다. 그녀에게 다시 내 손목을 잡힐지라도 발각될 일은 없다. 당연한 사실을 곱씹었다.

나는 안전하다. 나는 들키지 않았다.

런웨이

 암막 커튼 틈새로 파고든 아침 햇살이 내 눈가에 머물렀다. 때에 맞춰 알람 음악도 시끄럽게 울리기 시작했다. 후다닥 알람을 끄고, 떠지지 않는 눈을 힘겹게 끔벅였다. 간밤엔 언제 잠들었는지도 모르게 잠이 들었다. 그래도 네다섯 시간은 잔 것 같은데 왜 이리 피곤할까? 수면 시간까지 비주얼템을 사용하는 것은 뇌파에 영향을 줄지도 모른다는 연구 결과가 있다더니. 어쩌면 그 때문일지도 모른다.

 침대에서 일어나 거울 앞에 섰다. 방금 일어났지만 머리는 차분하고 눈빛은 반짝였다. 세수하기 위해 잠시 비주얼템을 해제했다. 거울 앞에는 퉁퉁 부은 눈에 뾰루지가 어제보다 더 도드라진 낯선 내가 있었다. 빨갛게 부푼 눈두덩이를 보고 나서야 잠들기 전에 울었던 기억이 떠올랐다.

어젯밤, 침대에서 뒤척이다가 뉴스 서비스 시스템을 열었던 게 화근이었다. 낮에 있었던 브이 캡슐 시위 관련 소식이 보였다. 시위를 주도하고 브이 캡슐을 터트렸던 사내는 '리얼리티'라는 이름을 가진 단체의 대표였다. 리얼리티는 사람이 많이 몰리는 곳에 예고 없이 나타나서 브이 캡슐을 터트리며 비주얼 템 해방을 외치는데, 어제와 같은 사고는 처음이었다고 한다.

관련 기사를 클릭하자, 나와 피해자가 등장하는 사진이 크게 떠올랐다. 나와 피해자는 모자이크로 가려져 있었다. 하지만 얼굴이야 언제든지 갈아 끼울 수 있어서 남들에게 보여도 상관이 없었다. 문제는 전 세계 단 열 개 한정으로 출시한 팔찌 비주얼템이었다.

누군가 이미 '어? 이거 전 세계에 단 열 개밖에 없는 한정판 팔찌인데? 대박! 이 개싸가지가 그 열 명 중 한 명이라는 거네?'라고 댓글을 달아 놓았다. 그 댓글 아래로 동조와 어쭙잖은 추리의 댓글이 연이어 달려 있었다. 누구일까 추측하는 댓글 중에는 당연히 내 이름인 '인플루언서 도은'도 보였다. 한정판 아이템 수집가로도 불리는 나니까, 언급되는 것은 어쩌면 당연하다.

순식간에 댓글은 채팅이 되어 쉴 없이 올라왔다. 그런데 대부분 알몸을 만든 사람이 아니라, 알몸이 된 사람을 뿌리친 싸가지를 욕하고 있었다. 화려한 가짜 겉모습에 숨은 추악한 진짜 인성이라나? 하지만 내가 저지른 행동을 다시 살펴봐도 정답은 없었다.

쏟아지는 비난의 댓글을 읽어 내다 나도 모르게 눈물을 흘렸던 것 같다. 베개가 흠뻑 젖은 다음에야 깨달았다. 일어나 거울을 보아도 산뜻한 얼굴이기에 눈물은 착각인가 싶었지만, 비주얼템을 해제하니 눈물 콧물이 범벅이 된 내가 보였다. 눈물을 닦아 내고 다시 누웠다. 그대로 잠들었어야 했는데 그 후로도 한참 댓글을 읽고 말았다.

내가 뭘 어떻게 도와줄 수 있었을까? 그녀는 그저 운이 나빴을 뿐이다.

❡ ❡ ❡

찬물로 세수해도 부기가 전혀 가라앉지 않았지만, 어차피 비주얼템으로 덧씌울 테니까 상관없다. 세수를 마친 후 뾰루지 위로 살살 연고를 바른 다음, 비주얼템을 착용하기 시작했다. 나에겐 천 가지가 넘는 비주얼템이 있지만, 지금은 고민할 필요가 없다. 학교에 갈 때는 고정된 비주얼템을 사용해야 하기 때문이다.

비주얼 시티의 학교에서는 비주얼템 사용이 허용된다. 다만, 한 명당 열 개 이하의 비주얼템을 사용할 수 있다. 비주얼템 빈부 격차로 인해 갈등이 일어날 가능성을 낮추려는 거다. 한 번 정한 외모는 한 학기 동안 사용해야 한다. 옷은 교복만을 착용해야 한다. 자유롭게 외모를 꾸밀 수 있는 이곳에서 서로를 구분하고, 평가하기 위한 최소한의 규칙인 셈이다.

학기 초에 골랐던 '학생 얼굴'을 착용하고 교복을 입은 다음, 거실로 나왔다. 건너편 부엌 식탁에 엄마와 아빠가 함께 앉아 있는 굉장히 낯선 풍경이 보였다. 두 사람은 내가 나온 것도 모르고 목소리 높여 대화 중이었다. 아빠가 엄마에게 얼굴을 들이밀더니 말했다.

"제발…… 그래서 내가 적당히 하라고 했잖아. 하다못해 집에서만이라도 벗으면 안 돼? 아내도 자식도 못 알아보면서 의심하며 살기 싫어."

엄마가 한심하다는 듯이 아빠를 보며 대꾸했다.

"커넥트 키가 있잖아. 꼭 필요한 사람끼리는 암호로 다 알아볼 수 있다고."

"그건 알아보는 게 아니야. 그냥 알려 주는 거지."

"그게 그거지 뭐가 달라?"

"다르지. 내가 알아보고 싶다고! 기계가 알려 주는 대로 믿을 게 아니라!"

"됐어. 그만해. 도은이 듣겠어."

엄마가 내 방 쪽으로 고개를 돌리며 말했고, 이미 아까부터 듣고 있던 나를 발견했다. 아빠가 벌떡 일어나 달려오더니 내 손을 잡고 말했다.

"도은이 일어났니? 아빠가 맛있는 아침 차렸어. 이리 와 먹고 가."

"생각 없어요. 학교 다녀오겠습니다."

"아니, 도은아! 도은아!"

등 뒤로 들려오는 아빠의 외침을 무시하고 빠르게 집을 나섰다. 등 뒤로 쾅 하고 문이 닫혔다. 다행히 아빠는 문밖까지 뛰쳐나오진 않았다. 아빠가 차린 아침 메뉴의 냄새가 마당까지 스며 있었다. 내가 좋아하는 아빠표 프렌치토스트의 달콤한 시럽 향이 난다. 어릴 때는 참 많이도 먹었던 음식이다.

'한 번만 더 붙잡았다면 못 이기는 척 앉아서 한 입 먹었을 텐데……'

대책도 없이 심술을 부리며 집을 나왔는데, 등교 시간까지는 아직 한참 남았다. 학교까지 고속 택시로는 3분이 채 안 걸리는 거리지만 걸어간다면 1시간쯤 걸린다. 고등학교에 입학한 후 한 번도 걸어서 등교한 적이 없지만, 오늘은 그동안 하지 않았던 짓을 하고 싶었다.

✎✎✎

이 동네에 산 지 5년이 넘었는데도 집 근처를 걸어 다니는 건 거의 처음이었다. 한 번도 가 보지 않은 길로 들어섰다. 비좁고 그늘진 골목인데도 역시나 비주얼 부스가 있었다.

비주얼 시티 사람들은 자신의 겉모습을 수시로 점검하고 바꾸고 싶어 하므로, 도시 곳곳에 비주얼템을 착용할 수 있는 부스가 있다. 부스 안은 별것 없다. 사람 한 명이 겨우 들어갈 공간에 전신 거울이 전부다. 부스에 들어가 문을 걸어 잠그고 각자 착용한 커넥트 키의 브이 버튼을 누르면 비주얼템 보관소가 홀로그램으로 눈앞에 떠오른다. 착용할 비주얼템을 선택하면 바로바로 적용돼 외모가 달라진다. 거울을 보며 원하는 비주얼이 될 때까지 착용한 후 부스를 나오면 된다. 부스는 주요 건물 내부는 물론이고, 거리 곳곳에 마련되어 있다.

골목 끝에 있는 건물 모퉁이의 부스에 들어가 비주얼템 보관소를 열었다. 잠시 학생 비주얼템은 넣어 두고, 학교 근처에서 다시 갈아입을 참이다. 화려한 컬러와 잔 웨이브가 있는 긴 머리를 선택하고, 크고 시원시원한 이목구비를 선택했다. 과도하게 반짝이는 진한 메이크업도 더했다. 어깨가 드러나는 원피스를 입고, 스팽글이 잔뜩 박힌 하이힐을 신었다. 거울 속에 비친 나는 '학생 차도은'과는 어떤 접점도 보이지 않았다. 만족스러웠다.

부스에서 나오는 순간, 나란히 설치된 옆 부스 문이 열리더니 한 소년이 나왔다. 마치 합을 맞춘 것처럼 동시에 나왔기에 서로가 흠칫 놀랐다. 소년은 좀 멋쩍었는지 나를 바라보며 말을 걸었다.

"아무도 없는 줄 알았는데 갑자기 튀어나와서 좀 놀랐어요."

그런데 사실 놀란 건 나였다. 소년이 입고 있는 옷이 우리 학교 교복이었기 때문이다. 하지만 태연한 척 대꾸했다.

"아, 괜찮아요. 그럼 실례하겠습니다."

좁은 골목이라 소년과 바짝 붙어 지나가야만 했다. 소년의 옆을 스치는 순간, 상쾌한 비누 향이 훅 끼쳤다.

'뭐지? 이 향수는? 처음 맡아 보는데⋯⋯.'

향기만큼은 비주얼템으로 해결할 수 없기에, 향수를 고르고

모으는 데 꽤나 집착을 부리는 편이다. 그래서 유명한 향수라면 모르는 향이 없다고 자부했는데 이 향기는 생전 처음 맡아보는 향이었다. 그런데 심지어 환상적으로 좋은 향기였다. 같은 학교 학생이니 언젠가 만나 정보를 물어볼 수 있을까? 그렇다면 이름이라도 알아 둬야 했는데……. 이미 소년은 골목을 빠져나가 사라진 뒤였다.

나 역시 골목을 나와 큰길로 접어들었다. 거리는 출근하는 직장인과 등교하는 학생들이 뒤섞여 복잡했다. 바쁜 아침 시간인데도 다들 단정한 모습이다. 비주얼템은 아침에 외출 준비하는 시간을 획기적으로 줄여 줬다. 꾸밈 노동에 힘을 쏟는 대신 아침밥을 챙겨 먹거나, 잠을 조금이라도 더 잘 수 있어 좋다며 다들 만족한다. 비주얼템이 없던 시절은 상상도 할 수 없다며 진저리를 친다.

수많은 인파 중에서도 오늘 내 차림새는 유난히 튄다. 깊은 밤에 벌어지는 파티에나 어울릴 법한 복장과 메이크업으로 걷다 보니 사람들의 시선이 나에게 향하는 게 느껴진다. 힐끗힐끗 곁눈질하는 그들의 관심이 싫지 않다. 그래, 어제의 그 악플도 다 나에 관한 관심에 비롯되었겠지. 무플보단 악플이 낫다는 말도 있잖아. 런웨이를 걷는 모델이라면 주목을 두려워하지 않아야 한다. 구경거리가 되는 것을 피하지 않아야 한다.

이런 생각을 하며 걷다 보니 학교가 보일 때쯤 너덜너덜했던 마음이 거의 회복되었다. 뜯긴 곳을 성기게 기운 마음이라도 이젠 어제의 나약한 내가 아니다. 아마 내 진짜 눈두덩이도 많이 가라앉았을 것이다.

교문을 통과하기 전에 교복을 입고 학생 얼굴로 돌아가기 위해 가까운 골목길로 들어갔다. 부스를 찾고 있는데 골목 틈으로 지나가는 선예와 혜선이가 보였다. 선예와 혜선이는 현재 내 인생에 유일, 아니 둘뿐인 친구들이다. 그래 봤자 학교를 벗어나면 잘 만나지 않지만 무난한 학교생활을 할 수 있는 건 친구들 덕분이다.

알은체를 하려다가 깜짝 놀라게 해 주고 싶다는 생각이 들어 가까이 다가갔다. 그런데 둘은 내가 다가오는 것도 모른 채 떠드느라 정신이 없었다.

"어제 그 여자 도은이 맞는 거 같지?"

"맞다니까! 그 팔찌 말이야. 저번에 나한테 엄청나게 자랑했거든. 진짜 눈꼴시어서 꼴 보기 싫더니만 제대로 걸렸지 뭐."

"고귀한 척은 다 하고 다니더니 이 기회에 실체가 드러나는 거지. 차도은인 거 알려지면 걔네 엄마 회사 확 망해 버리는 거 아니냐?"

"근데 알아? 차도은이라는 댓글 내가 제일 먼저 달았어."

"정말? 어쩐지 아는 사람일 거 같더라니, 너였구나! 잘했어. 잘했어."

선예가 혜선이의 등을 두드리고, 둘은 깔깔대며 웃었다. 친구는 나에게서 서서히 멀어져 갔지만, 그 웃음소리만큼은 내 귓가에 계속 머무르며 메아리쳤다.

나는 그 자리에 멈춰 버렸다. 아니, 세상이 멈춰 버렸다. 도대체 나에게 무슨 일이 벌어진 거지? 나에게 칼을 겨누고 찌른 이는 가족보다도 더 가깝다고 생각했던 내 친구였다.

주저앉아 버렸다. 무릎에 얼굴을 파묻고 움직이지 않았다. 한참 후 고개를 들었을 땐 이미 1교시가 지난 시간이었다.

냄새와 향기

선생님은 지각한 이유를 굳이 묻지 않으셨다. 축 처진 어깨와 비주얼템으로도 감춰지지 않는 굳은 태도가 지각 사유를 대신 말해 주었겠지. 어쩌면 선생님 역시 화제의 그 여자가 나라고 단정 지었을지 모른다.

2교시가 끝나고 쉬는 시간이 되자 선예가 내 곁으로 다가와 어깨동무하고 말했다.

"도은아, 왜 이렇게 늦게 왔어? 늦잠 잤어?"

어느새 혜선이 역시 옆에 앉아 내 손을 잡으며 말했다.

"설마……. 소문 때문에 그런 건 아니지? 에이, 네가 그럴 리가 있어? 내가 너는 절대 그럴 리 없다고 댓글을 달았……."

나는 혜선이에게 잡힌 손을 빼며 싸늘하게 말했다.

"아니, 됐어. 그 얘기는 말할 가치도 없으니까 그만해."

"그, 그래. 그나저나 너 눈동자 색깔 바꿨어? 뭔가 달라 보이는데?"

내가 대꾸하지 않자 선예는 목소리를 더 높여 말했다.

"역시 패션의 디테일을 살리는 건 도은이 네가 최고라니까! 우리는 딱 알아보잖아. 똑같은 교복을 입고 있어도 너는 이렇게 다르잖아."

호들갑스럽게 떠들던 선예는 갑자기 주위를 두리번거리더니 내 귓가에 다가와 속삭였다.

"솔직히 나는 네가 그 여자라도 상관없어. 진짜야."

숙였던 몸을 뗀 선예가 나를 바라보며 빙긋 웃음을 지었다. 가면을 쓴 그 얼굴에 침이라도 뱉고 싶은 심정이었지만 그렇게 한다면 추측을 인정하는 꼴이 될 것이다. 억지웃음을 지어 내보이고는 겨우 말했다.

"고마워. 역시 너희들밖에 없어."

〰〰〰

내 기분과는 상관없이 시간은 흘러갔고, 점심시간이 되었다. 아무것도 먹고 싶지 않았지만, 그런 행동 역시 나를 드러내는 거라 싫었다. 최대한 평소처럼, 남들처럼, 눈에 띄지 않고 싶었다. 그래야 내 주변을 둘러싼 거슬리는 소음이 없어질 것 같았다. 누구도 큰 소리로 떠들고 있지 않지만 어느 때보다 시끄러웠다. 보이지 않는 손가락들이 모두 나를 가리키고 있는 것 같았고 다들 앞을 보면서도 눈동자는 나를 향한 것 같았다.

교내 식당으로 가기 위해 힘겹게 자리에서 일어서는데 선예와 혜선이가 다가와 나를 사이에 두고 서더니 손을 잡았다. 혜선이는 성에 안 찬다는 듯 팔짱까지 끼더니 잔뜩 과장한 말투로 말했다.

"오늘의 메뉴는 뭘까요? 예쁘고 맛있는 거 나왔으면 좋겠다. 우리 도은이 기분 좀 풀어지게……. 그치?"

"내 기분이 어때서?"

"에이, 우리한테는 다 털어놔도 돼."

"너희한테 털어놓을 일 따위는 없어. 그냥 평소처럼 대해 줄래?"

"그래? 잊지 마. 우리는 언제나 네 편이야."

혜선이가 마치 입력된 대로 말하는 챗봇처럼 말했다. 오늘 아침 일이 아니었다면 이런 말들이 진심이라 믿었을지도 모른다. 내가 쌀쌀맞게 굴자 혜선이는 고개를 돌려 선예를 보고 입을 삐죽댔다. 내가 보지 못했을 거로 생각한 건지 아님, 봐도 상관없다는 건지 알 수 없었다. 한 꺼풀 벗겨 내고 보니 친구라 믿었던 두 사람은 이렇게나 일상적으로 날 조롱하고 있었다.

식당이 가까워질수록 음식 냄새가 진하게 풍겨 왔다. 오늘의 메뉴가 무엇인지 단박에 알 수 있었다.

"웩!"

선예가 입을 틀어막고 헛구역질했다. 그 정도인가 싶었다. 그래 봤자 먹는 음식 아닌가.

선예는 잔뜩 인상을 찌푸리더니 말했다.

"이거 청국장 냄새 아냐? 내가 제일 싫어하는 메뉴잖아. 오늘은 그냥 굶어야겠어."

혜선이는 코를 막고 나를 바라보며 물었다.

"요즘에 누가 이런 음식을 먹는다고⋯⋯. 어휴, 나도 안 먹을래. 너는 어떡할 거야?"

"나는 청국장찌개 좋아해. 먹고 갈게."

"정말? 그러면 우리는 따로 다른 거 먹을게."

혜선이와 선예는 놀라는 듯하더니 어서 벗어나고 싶다는 듯 빨리 사라졌다. 멀어지는 둘의 뒷모습을 보며 두 사람이 어떤 대화를 나누고 있을지 상상했다. 상상은 꼬리를 물고 더 안 좋은 방향으로 흘러갔다. 나쁜 습관이었다.

그만둬야 한다. 의미 없는 상상도, 의미 없는 관계도.

비주얼 시티 안에서 비주얼 기술이 전면 금지된 분야는 바로 음식이다. 위생과 안전상의 문제와 혼동 때문에 음식에는 비주얼 기술을 전혀 적용할 수 없다.

물론 맘만 먹는다면 음식에도 비주얼 시스템을 적용하는 건 어렵지 않다. 보기에도 좋은 음식은 물론이고, 먹을 때의 식감까지도 구현할 수 있을 것이다. 하지만 음식의 진짜 상태를 제대로 확인할 수 없고, 햅틱 기술이 적용된 음식을 섭취했을 때 인체에 미치는 영향에 관해서는 아직 연구가 진행 중이란 이유로 음식에 비주얼 시스템을 적용하려는 시도는 다 무산됐다. 겉을 꾸미는 것과는 또 다른 문제니까 말이다. 하지만 눈으로 보이는 모든 것을 취향대로 선택하는데 익숙한 비주얼 시티 사람들은 음식마저 비주얼에 집착했다. 맛보다는 플레이팅이 예쁜 음식이 더 인기가 좋았다.

음식을 받아와 창가 자리에 앉았다. 평소에는 꽉 들어차는 식당인데 오늘은 드문드문 한산하다. 다들 청국장찌개를 피해 도망갔기 때문이다. 나는 대접 안의 찌개를 물끄러미 바라보았다.

뭉그러진 재료와 탁한 누런색은 확실히 예뻐 보이진 않는

다. 게다가 냄새마저 고약하니 인기가 없는 것은 당연하다. 한 술 떠서 입에 넣었다.

어쩔 수 없이 엄마 생각이 났다. 청국장찌개는 엄마가 제일 좋아하는 음식이기 때문이다. 누구보다 비주얼을 중시하는 내가 이런 음식을 거리낌 없이 먹을 수 있는 것도 그 이유에서다. 엄마는 음식으로 위안받고 싶은 날에는 늘 청국장찌개를 먹었고, 나 역시 엄마의 입맛을 닮아 갔다.

비주얼템 매출 1위 기업인 '이너피스'의 시이오(CEO)인 나의 엄마 차혜수. 그녀가 제일 좋아하는 음식이 이렇게나 볼품없고 냄새나는 청국장찌개라니 다들 웃을 이야기다.

이런저런 생각은 많았지만 찌개는 맛있었다. 묵묵히 찌개를 먹고 있는데 낯익은 인상의 껄렁한 남자애들이 내 옆으로 와 앉았다. 그중에 제일 덩치 좋은 애가 말을 걸었다.

"차도은, 너 의외다. 청국장을 다 먹네?"

내가 대꾸하지 않자 그 남자애는 대답을 들을 때까지 서 있겠다는 듯 움직이지 않았다. 상대하고 싶지 않았는데 어쩔 수 없었다.

"청국장이 뭐가 어때서? 그러는 너도 먹겠다고 여기 와 있는 거 아니야?"

"아이참, 말도 못 붙이겠네. 그 성깔이 어디 가겠어? '저리 꺼지라고!' 너 아주 앙칼지더라?"

동영상 속의 내 목소리를 따라 한 것을 단박에 알 수 있었다. 상대해 봤자 피곤해질 뿐이다.

"무슨 소리야. 나 다 먹었으니까 좀 비켜 줄래?"

나는 음식물이 남은 그릇을 쟁반째 들고 일어났고 그 애는 내 앞을 막아서며 말했다.

"어디 가! 나 너한테 할 말 있어!"

"나는 할 말 없어."

막아선 남자애들을 비켜 앞으로 나아가려 했는데, 말을 걸었던 애가 내 팔목을 잡아끌었다. 나는 중심을 잃고 휘청댔다. 그 바람에 쟁반이 비스듬히 기울며 그릇이 바닥에 나뒹굴었다. 순식간에 바닥은 음식물로 뒤덮여 엉망이 되었다.

"아씨! 뭐야! 에잇, 재수 없어. 가자!"

이 사태의 원인인 남자애가 도리어 성을 내더니 자리를 피했다. 왜 그냥 내빼냐고 붙잡을 기운은 없었다. 식당에 남아 있던 몇 명은 힐끗 쳐다보기만 하고 제 갈 길을 갔다. 나는 냅킨을 가져와 음식물을 줍고 닦았다. 한 발짝 앞에 있는 찌개 건더기에 손을 뻗었는데 나보다 한발 앞서 다른 손이 도착했다. 그

손의 주인이 누구인지 눈으로 보기 전에 이미 알 수 있었다. 아침에 처음 맡았던 그 향기가 나고 있었기 때문이다. 비록 청국장 냄새와 섞여 희미했지만 분명히 그 향이었다. 나는 고개를 들어 확인했다. 맞다. 아침에 골목에서 만났던, 내 옆 부스에서 튀어나왔던 그 소년이었다.

우리가 대강 정리하자 청소 로봇이 다가와 걸레질을 시작했다. 소년과 내가 어색한 눈빛만 주고받고 있을 때, 오후 수업이 시작된다는 알람이 울렸다. 나는 그제야 다급하게 말했다.

"고마워! 이름이 뭐야?"

"고맙기는……. 난 송모현이야."

"어, 몇 반이야?"

"3반, 어제 전학 왔어."

"아, 어쩐지 못 보던 얼굴이라 생각했어. 향기도 그렇고……."

"향기?"

"어, 너한테서 정말 좋은 향기가 나."

"그래? 나 향수 안 쓰는데……. 그런데 우리 교실로 빨리 돌아가야 하는 거 아냐?"

송모현의 말에 정신이 번쩍 들었다. 수학 선생님은 지각에 매우 민감해서 바로 벌점을 준다. 벌점이 누적되면 다음 학기 비주얼템 교체 기회가 박탈된다.

"헉! 뛰자!"

내가 외치자 송모현이 내 손을 덥석 잡아끌었다. 그리곤 내달렸다. 수학 선생님이 막 교무실을 나서는 게 보였다. 송모현은 내 손을 놓지 않고 계단을 올랐다.

"아, 나 너무, 힘들어. 못 뛰어. 그만……. 지각해도 괜찮아."

"너 오늘 아침에도 지각해서 벌점 받았잖아. 또 벌점이면 위험하다고……."

송모현이 돌아보며 말했다.

"네가 그걸 어떻게 알아?"

힘든 와중에도 궁금했다. 대답을 듣기에는 시간이 없었다.

다행히 선생님이 오기 전에 내가 먼저 교실에 도착했다. 송모현은 내가 자리에 앉는 것까지 지켜보고 있었다. 내가 돌아보자 환하게 웃곤 그제야 자기 교실 쪽으로 향했다.

어쩌자고 저렇게 대책 없이 친절할까? 의문투성이였다.

너 같은 애

유난히 길게 느껴졌던 학교 일과가 드디어 끝났다. 선예, 혜선이와는 어차피 학교 밖에서는 남처럼 굴던 사이라 다행이었다. 종일 나에 대해 수군대던 목소리에서 이제야 벗어날 수 있다. 학교를 나가 내가 차도은임을 증명하는 학생 비주얼템을 벗으면 아무도 나를 못 알아볼 것이다.

교문을 나서자마자 가까운 비주얼 부스를 찾았다. 허겁지겁 들어가 문을 걸어 잠그고 완벽하게 다른 나로 변신하기 시작했다. 옆으로 긴 눈에, 작은 코, 도톰한 입술, 흐릿한 눈썹을 고르고, 요즘에는 잘 착용하지 않았던 단순한 검은색 티셔츠에 청바지를 입었다. 어디에서건 되도록 눈에 띄고 싶지 않아서였다.

부스에서 막 나왔을 때 부스 앞에서는 송모현이 서 있었다. 흠칫 놀라 알은체를 할 뻔했다. 그런데 송모현이 먼저 말을 걸었다.

"저기…… 차도은 맞지?"

아니라고 하고 이대로 떠난다면 내가 차도은이라는 걸 밝혀 낼 방법은 사실 없다. 하지만 난 차마 내가 아니라 하지 못했다. 확신에 가득 찬 반짝이는 눈을 피하기 쉽지 않았다.

"어떻게 알았어?"

"사실은 아까 네가 부스에 들어가는 걸 봤어."

"아, 그랬구나. 그런데 왜 기다린 거야?"

내 물음에 송모현은 바로 대답하지 못했다. 내가 물끄러미 바라보니 그제야 입을 뗐다.

"나도 모르겠어. 그냥, 너랑 얘기를 좀 하고 싶었달까?"

"그래? 무슨 얘기? 아, 일단 너도 비주얼템 갈아입을래?"

나는 비켜서며 비주얼 부스를 가리켰다.

"나? 안 갈아입어도 돼. 상관없어."

"정말? 그래도 그 교복은 좀 벗는 게 낫지 않을까?"

송모현은 고갤 숙여 물끄러미 교복을 바라보더니 비주얼 부스의 문을 열며 말했다.

"그래. 그게 낫겠다."

송모현은 거의 비주얼 부스에 들어가자마자 나왔다. 얼굴은 그대로인 채, 교복을 벗고 흰 그래픽 티셔츠에 치노 바지를 입었다.

"얼굴은? 얼굴은 안 바꿔?"

"얼굴? 아, 사실 나 비주얼템이 별로 없어. 이게 다야. 얼굴 하나, 교복 한 벌, 옷 한 벌. 심플하지?"

"정말? 너 같은 애 처음 봐."

"그건 나도 마찬가지야. 나도 너 같은 애는 처음 보거든. 비주얼템이 천 개가 넘는다면서? 상상이 안 돼. 그러면 얼굴은 몇 개를 만들 수 있는 거야?"

"우리 길에서 이러지 말고, 어디 들어갈까?"

송모현은 고개를 끄덕이고 성큼성큼 앞서 걸었다. 나는 함께 걷는 것도 따로 걷는 것도 아닌 거리와 속도로 발을 맞췄다. 큰길로 나와 걷다 보니 카페 거리에 도착했다. 열 걸음쯤 앞에 브이 캡슐 테러가 있었던 그 장소가 보였다. 송모현은 아무 생각이 없어 보였다. 돌아서 가자고 말하려다 부러 눈치를 보는 것 같아 그냥 그대로 지나가기로 했다. 내가 아무렇지 않게 행동해야 아무렇지 않아진다. 괜찮다. 이 거리에서 내가 차도은 이라는 걸 아는 이는 송모현뿐이다.

그대로 대여섯 발걸음을 걸어 피해자가 나에게 달려들었던 그 건물 앞을 지날 때였다. 내 옆으로 스쳐 지나가던 커플 중에 남자가 큰 소리로 말했다.

"소름 끼친다. 여기 어제 그 여자가 테러당했던 곳이잖아. 빨리 가자."

남자의 팔짱을 낀 여자가 실실 웃으며 대꾸했다.

"왜? 빨리 가? 자기 뭐 찔리는 거 있어? 설마 자기도 옷 하나도 안 입었어?"

"무슨 소리를 하는 거야. 찝찝하니까 그러지. 이렇게 사람 많은 데는 조심해야 해. 언제 어디서 브이 캡슐이 터질지 몰라."

"그런데 봤어? 옷 벗겨진 여자가 달려들었는데 뿌리쳤던 여자 말야. 차도은일지도 모른다던데?"

"에이, 설마……. 누가 그래?"

"누구기는……. 이미 수사대들이 다 증거 수집했던데?"

"차도은은 네가 제일 좋아하는 인플루언서잖아? 괜찮아?"

"괜찮다니 뭐가?"

"좋아하는 사람이 곤경에 빠졌는데도 괜찮냐는 얘기지."

"에이, 무슨 소리야. 내가 좋아하는 건 차도은의 외모야. 시도 때도 없이 바뀌는 비주얼템과 그 재력! 진짜 부럽지 않아? 근데 걔가 잘못했으면 대가를 치러야지. 무슨 상관이야?"

차도은의 바로 곁에서 차도은을 얘기하는 그들이 멀어져 가고, 우리가 인적이 드문 길로 접어들자 송모현은 내 얼굴을 살폈다. 그러더니 한껏 걱정스러운 표정으로 물었다.

"괜찮아?"

송모현은 정성 들여 말했지만, 나는 바로 알아듣지 못했다. 고막이 찢기는 것 같은 고음의 이명이 들렸기 때문이다.

"삐, 삐익, 아?, 삐익, 괜, 삐익, 삐, 찮아? 삐익, 괜찮아?, 삐익, 차도은! 도은아!"

얼굴을 찡그리며 귀를 틀어막자 송모현이 날 잡고 흔들었다. 나를 바라보는 눈빛이 너무나도 간절해서 그 와중에도 의문이 들었다.

'얘는 나를 언제 봤다고 이렇게 절실한 표정이지?'

시끄럽게 내 이름을 불러 대는 송모현을 바라보다 문득 정신을 차리고 말했다.

"그만해. 내가 차도은이라고 광고하는 거야?"

송모현이 소리 지르던 걸 멈추고 주변을 살폈다. 다행히 가까이엔 아무도 없었다.

"미안해. 네 표정이 너무 절망적이라서……."

"절망?"

"글쎄, 뭐랄까. 저 멀리서부터 착실하게 무너져 내리는 하늘을 보고 있는 사람의 표정?"

"푸핫! 그런 표정을 네가 어떻게 알아?"

"딱 그랬다니까. 사진이라도 찍어 둘 걸 그랬네."

황당한 비유를 하는 송모현 때문에 어이없게도 웃음이 나왔다. 내 표정이 도대체 어땠길래 그러지?

진심으로 내 표정을 살펴봐 주고 기분을 알아주는 사람은 온 세상에 오직 한 사람, 아빠뿐이었다. 아빠마저 집을 자주 떠나서 있는 요즘은 내 표정을 신경 쓸 일도, 기분을 드러낼 일도 없다. 속마음을 드러내는 것도 다 그 마음을 봐 줄 사람이 있을 때나 가능한 거다.

"송모현! 나랑 '에센티아' 안 갈래?"

"에센티아? 새로 생긴 엄청 유명한 카페잖아? 지금 당장 예약해도 올해 안에 갈 수 있을지 모른다던데?"

"걱정하지 마. 나 차도은이잖아. 기다려 봐."

갈 수 있을지 없을지도 모르면서 의기양양하게 말했다. 스스로 자신감을 되찾고 싶었다. 어제 가려다 만 곳이니 지금 다시 메시지를 보내면 두 팔 벌려 환영하겠지. 차도은이 선택한 곳이 곧 핫 플레이스이니까 지금 당장 오라고 하겠지. 나는 에센티아 카페에 메시지를 보내려고 오후부터 꺼 두었던 커넥트 키에 접속했다. 내 커넥트 키에 연결된 사람은 엄마, 아빠, 그리고 학교 출결 시스템 정도고, 나머지 일하며 만난 사람과는 일회용 커넥트 키만 사용한다. 그래서 다행히 별다른 메시지는 없었다. 아빠가 남긴 메시지는 빠르게 넘겨 버리고 에센티아 홍보 담당자의 메시지를 열었다. 아직 일회용 커넥트 키 만료 기한이 남아 있어 받을 수 있던 메시지였다. 어제의 촬영 펑크는 카페 앞에서 있었던 시위 때문이라 짐작하며, 이해한다는 내용이었다. 그리고 당연히 다음 일정을 잡았을 줄 알았는데 아니었다.

 - 실례지만 혹시 시위에 피해를 보셨던 여성 분을 뿌리친 사람과는 관계가 없으시죠? 그분이 착용한 한정판 비주얼템 때문에 도은 씨일지 모른다는 내용이 보여서요. 누가 됐더라도 그렇게 대응할 수밖에 없던 상황이긴 하지만, 지금 여론이 좋지 않으니 사실 여부와 관계없이 당분간 촬영은 보류하겠습니다.

간절하게 방문을 원하던 이가 도리어 날 밀어내고 있다. 혹시 잘못 이해한 것은 아닐까 싶어 꼼꼼히 다시 읽어 봐도 거부

당했단 사실은 여전했다. 커넥트 키에 접속한 후 한참 동안 아무 말이 없는 나를 살피던 송모현이 어깨를 툭툭 치며 말했다.

"공원 갈래?"

"공원?"

"응. 방문 허락도, 웨이팅도 필요 없는 곳이잖아."

"나 공원 한 번도 안 가 봤는데……."

송모현이 물끄러미 날 바라보더니 큰 눈동자를 굴리며 말했다.

"넌 참 신기해. 그래서 자꾸 말을 걸고 싶어져."

솔딱한 공원

공원은 황당할 정도로 가까운 곳에 있었다. 평소 다니던 길에서 겨우 두 블록만 더 가면 공원으로 들어서는 길이 나왔다. 출입문을 지나자 이 공원의 이름은 어니스트 공원이며 세계적인 조경 전문가가 비주얼 기술과 실제 자연환경을 섞어 디자인한 곳이라는 음성 안내가 나왔다.

"공원의 설립 취지에 맞게 이곳에서는 비주얼템을 최소로 착용해 보는 건 어떨까요? 즐거운 관람 되십시오."

이 말까지 듣고 주변을 살펴보니 어쩐지 오가는 사람들의 차림새가 수수해 보였다. 우습게도 사람들은 생각보다 규칙이나 권장 사항을 잘 지킨다.

"요즘에 이 공원에서 애인끼리 브이 캡슐을 사용하는 게 유행이래."

내내 말없이 걷던 송모현이 겨우 입을 열었다.

"애인이라면 브이 캡슐로부터 지켜 줘야 하는 거 아냐?"

나는 퉁명스레 대꾸했다. 송모현은 걸음을 멈추더니 나를 바라보며 말했다.

"사랑하는 사람에게만큼은 그냥 꾸미지 않은 진짜 모습을 보여 주고 싶은 거 아닐까?"

대답하기 싫어서가 아니라 할 말을 찾지 못해 대화를 이어 나가지 못했다.

사랑하는 사람에게는 진짜 모습을 보여 줘야 할까? 그래서 아빠가 내 진짜 모습을 보고 싶다는 걸까? 진짜 모습을 보여 준다고 뭐가 달라질까? 어차피 애인에게는 예쁜 모습을 보여 주면 더 좋은 거 아닌가. 외모가 어떻게 달라지든 진짜 마음만 있다면 되는 거 아닌가.

마음……. 그래, 마음.

생각은 꼬리를 물고 끝나지 않았다. 머릿속은 복잡한데, 감을 수 없어 뜬 눈으로 자꾸만 아름다운 풍경이 들어왔다. 공원은 내가 최근에 갔던 어떤 장소보다도 아름다웠다. 자로 잰 듯 반듯한 조경수가 있는가 하면 바닥에 아무렇게나 피어난 들꽃도 보였다. 평소 맡아 보지 못했던 식물의 향기가 가득했다.

나무가 양옆으로 늘어선 넓은 길을 따라 천천히 걸었다. 처음에는 송모현이 두 걸음쯤 뒤에서 걷다가, 그게 한 걸음쯤으로 좁혀졌다가, 나란히 걷다가, 이젠 내가 송모현의 뒤를 따라 걸었다. 선선한 바람이 불고, 송모현의 머리카락이 살랑살랑 흔들렸다. 물끄러미 뒤통수를 바라보다가 생각했다.

　'머릿결이 좋네. 저런 머리카락은 본 적이 없는데……. 비주얼템이 아닌가? 아까 얼굴 하나에 옷도 한 벌 뿐이라 했으니 저건 내추럴 헤어인가 보다. 그런데 왜 난 오늘 처음 만난 애랑 처음 보는 곳에 와서 이렇게 걷고 있는 걸까? 말을 걸고 싶다더니 이게 다인가. 언제까지 걸어야 하지. 이제 다리가 좀 아픈데…….'

　"저 앞 벤치에서 잠깐 쉬었다 갈까?"

　마치 내 속마음을 들은 것처럼 송모현이 갑자기 휙 돌아보며 말했다.

　"그, 그래."

　나도 모르게 말을 더듬어서 당황한 것처럼 보일까 봐 신경이 쓰였다. 누구한테든 얕보이고 싶지 않다. 그래서 무엇이든 처음이라는 티를 안 내고 의연하게 받아들이고 싶었는데, 송모현 앞에서는 자꾸만 몸과 마음이 삐걱댄다.

벤치에 나란히 앉자마자 송모현이 벌떡 일어나더니 말했다.

"마실 것 좀 사 올게. 잠시만 기다려."

송모현은 급히 뛰어갔고, 나는 처음 와 보는 곳에 혼자 남겨졌다. 딱히 할 일도 없어 그저 앞을 멍하니 바라보다 대각선 방향에 있는 벤치에 시선이 갔다. 아까 거리에서 나에 대해 얘기하던 그 커플이 있었다. 어쩔 수 없이 신경이 쓰여 자리를 옮겨야 하나 고민하고 있는데, 그 커플은 무슨 대화를 나누는지 서로 옥신각신하더니 여자가 무언가를 꺼냈다. 그러자 남자가 벌떡 일어나 소리쳤다.

"그만! 그만해! 이럴 거면 우리 헤어져."

여자도 일어나 받아쳤다.

"뭐 켕기는 거 있어? 그래, 보여 주기 싫으면 그만둬. 나도 비밀 있는 사람이랑은 못 사귀어."

여자가 휙 돌아서더니 내 앞을 지나 빠른 걸음으로 걸어갔다. 남자는 망설이는 듯하다가 끝내 잡지 않았다. 나도 모르게 남들 연애 구경에 빠져 있는 사이, 송모현은 어느새 내 옆에 와 있었다. 차가운 주스를 나에게 내밀며 말했다.

"여자가 갖고 있던 거 브이 캡슐이었어."

나는 고개를 끄덕였다. 송모현은 한숨을 푹 내쉬더니 말했다.

"이 공원에 오면 저런 광경을 최소 한 번은 보는 것 같아."

"너는 어떨 거 같아?"

"뭐가?"

"브이 캡슐이 네 머리 위에서 터진다면 말이야."

"글쎄……. 후련하겠지. 이제 다 끝이다. 이런 생각도 들고……."

"끝이라니…… 브이 캡슐이 무슨 영원히 효력이 있는 것도 아니고 그저 잠깐이잖아."

송모현은 내 말을 듣더니 자세를 고쳐 앉고 나를 바라보며 말했다.

"내가 어릴 때 말이야. 친구가 한 명도 없었어. 처음에는 뭐가 문제인지 몰랐지. 그러다 점점 크면서 알게 됐어. 내 외모를 싫어하는구나. 내가 친해지고 싶은 애들과 사귀려면 이런 외모로는 불가능하겠구나. 그래서 그때부터 닥치는 대로 아르바이트했어. 비주얼템이 좀 비싸야 말이지. 외모를 바꿀 수 있는 최소한의 비주얼템을 겨우 다 모은 게 바로 지난주였어. 게다가 비주얼 시티 학교로 전학 신청한 것도 운 좋게 합격했지. 내 인생은 이제부터가 시작이야. 비주얼템이 사라진다면 내 인생은 그냥 망하는 거지 뭐."

이런 속 깊은 이야기를 나에게 털어놓는 이유는 뭘까 싶으면서도 흘려듣기에는 미안한 진심이라 나도 모르게 진지한 표정으로 고개를 끄덕이고 있었다.

"물론 너에 비할 바는 아니겠지만 말이야."

술술 흘러가던 말이 턱에 걸린 듯 덜그럭거렸다.

"그게 무슨 말이야?"

"어……. 아니, 내 말은 그런 뜻이 아니고……. 음……. 그러니까……."

날카로운 내 말투에 놀란 듯 더듬대던 송모현은 자세를 고쳐 앉더니 말했다.

"기분 상했다면 미안해. 나는 그냥 너만큼 비주얼템을 잘 활용하고 제대로 쓰는 사람은 없단 뜻으로 한 말이야. 넌 정말 최고의 비주얼 인플루언서야. 난 널 존경해."

"무슨 존경씩이나……. 너처럼 날 특별하게 보는 시선이 싫어서 비밀로 했었는데……."

"그러게. 그것도 궁금했어. 어쩌다 학교에서 네가 그 '도은'이라는 걸 다 알게 된 거야?"

"선예 때문이었어. 그때 알아챘어야 하는데 내가 너무 바보 같았지."

송모현은 무슨 말이든 들어줄 것처럼 내 쪽으로 돌아앉아 내 눈을 바라보았다. 찰나의 시간 동안 우린 서로를 바라보았다. 누군가의 눈을 그렇게 정면으로 지긋이 바라본 경험은 처음이었다. 생경한 기분이란 생각이 드는 동시에, 마치 빨리 감기 버튼이라도 누른 듯 심장이 뛰었다. 나는 황급히 시선을 발끝으로 돌린 후 말했다.

"지난 학기에 선예가 날 미행한 적이 있었거든. 학생 비주얼 템으로 착용한 한정판 아이템이 딱 하나 있었는데, 선예가 그걸 알아보곤 내가 평범한 학생은 아닐 거로 생각한 모양이야. 학교 끝나고 비주얼 부스에서 달라져서 나오는 내 모습을 선예가 봤고, 내가 그 모습 그대로 화보를 찍어서 제대로 들켜 버렸지 뭐야. 그런데 선예가 소문낸 건 나중에 알았어. 내가 차도은인 게 그냥 신기하고 자랑스러워서 그랬다고 했는데, 바보같이 그 말을 믿어 버렸어. 그때부터 이미 우리는 친구가 아녔나 봐."

"전학을 가거나 이름을 바꿀 수도 있었잖아?"

"아빠 때문이야."

"아빠?"

"아빠가 다른 건 다 달라져도 자기가 지은 이름만큼은 지키고 싶대.”

“아, 본 적 있어. 너희 아버지. 특이하시던데?”

“웃기지? 그런 건 비주얼 시티에서는 다 소용없는 것들인데 말이야.”

“맞아. 그런 것들이 다 상관없는 곳이 바로 여기잖아.”

“나한테 하고 싶은 이야기는 뭔데? 아까 할 말 있다고 했잖아.”

“할 얘기 없어. 그냥 너 숨 쉬게 해 주고 싶었어. 오늘 힘들었잖아.”

“그게 다야?”

“응.”

다시 송모현의 눈과 내 눈이 서로를 바라보았다. 송모현이 더없이 따뜻한 미소를 지어 보인다. 심장에 빨리 감기 버튼이 또 눌렸다. 평소의 나와 다르다는 사실을 깨닫자, 흠칫 정신이 들었다. 난 자리에서 일어나며 말했다.

“그럼, 이제 가자. 나 숨 잘 쉬고 있거든. 나도 내가 왜 여기까지 따라왔는지 모르겠다. 시간 낭비 제대로 했어.”

나는 앞서 걷기 시작했다. 그런데 뒤에서 따라오는 기척이 없었다. 그렇다고 뒤를 돌아볼 수는 없었다. 사실은 네가 잡아

주길 바란다고, 더 이야기를 나누고 싶다고 고백하는 것 같아서였다. 나도 모르게 멈추거나 슬그머니 돌아볼까 봐 다리에 또박또박 힘을 주며 걸었다.

공원 입구까지 다다라서야 걸음을 멈추고 한숨을 몰아쉬었다. 방향을 꺾으며 힐끗 뒤를 돌아보았다. 맙소사! 송모현은 겨우 2미터 정도 떨어져 걷다가 내가 돌아보자 멈춰 섰다.

"깜짝이야! 넌 어떻게 그렇게 기척도 없이 따라오니? 말이라도 걸던가."

퉁명스럽게 말했지만 속으론 얼마나 기뻤는지 모른다. 내내 내 뒷모습을 보며 조용히 따라 걸었을 송모현을 생각하니 어쩐지 두근대기도 했다. 송모현은 빙긋 웃더니 두 손으로 가슴을 감싸는 과장된 몸짓을 하며 말했다.

"말 걸면 시간 낭비라며. 나 상처받았어."

능글맞게 얘기하는 장단에 맞춰 나도 모르게 웃음이 새어 나왔지만 겨우 참아 내며 냉정하게 얘기했다.

"그래. 우리 이제 이만 여기서 헤어질까? 난 피곤해서 택시 타야겠어."

"아, 나는 저쪽으로 가서 내추럴 시티로 가는 열차를 타야 해."

"너 내추럴 시티에 살아?"

"당연하지. 너 아까 내 얘기 안 들었구나?"

"아, 그게 내추럴 시티에 산다는 얘긴 줄 몰랐어."

"맞아. 태어날 때부터 비주얼 시티가 익숙한 사람들은 다른 세상이 있다는 걸 모르더라고."

"그래. 그건 내가 알 수는 없을 것 같아. 안녕."

송모현의 시무룩한 대답에 미안하기도 안쓰럽기도 했지만, 나는 최대한 감정을 담지 않고 말했다. 이대로 정말 송모현과 가까워지기라도 한다면, 또 상처받을 것 같아서였다.

하지만 택시를 타고 집까지 가는 5분 정도의 시간 동안을 꽉 채워 송모현만을 생각했다. 그래도 겨우 5분이라 생각하니까 괜찮았다.

5분의 시간이 있기 전에 송모현과 공원에서 50분을 보내고, 학교에서 송모현을 만난 지 5시간이 넘게 흘렀다는 사실, 그리고 사실은 그 시간 내내 내 머릿속에서 크든 작든 송모현을 생각하는 자리가 늘 마련되었었다는 것을 그때는 깨닫지 못했다.

추억의 맛

　다음 날 아침, 거실로 내려오자 웬일로 엄마가 있었다. 평소에 엄마는 늘 나보다 먼저 출근해서 아침에 만나기 쉽지 않다. 오늘은 못 이기는 척 프렌치토스트를 먹어 볼까 했는데 아빠가 보이지 않았다.

　"아빠는?"

　"갔어. 냉장고 열어 봐. 너 꼭 먹으라고 하더라. 메시지 보내겠다고 했어."

　"어딜 갔는데?"

　"난들 아니? 엄마는 이제 네 아빠까지 신경 쓰기엔 너무 힘들어."

　엄마의 표정을 살피며 냉장고를 열었더니 접시에 담긴 프렌치토스트가 동그마니 놓여 있었다. 접시를 꺼내고 아빠의 메시지를 확인했다.

– 도은아. 아빠는 중요한 일이 있어서 다시 집을 떠난다. 아빠가 보고 싶으면 언제든지 연락하고, 다음에 만날 때는 우리 딸의 진짜 얼굴도 볼 수 있으면 좋겠구나. 아침에 못 먹고 나간 프렌치토스트 냉장고에서 꺼내 데워 먹어라. 금방 한 것처럼 맛있진 않겠지만 추억의 맛으로 여겨 주렴.

데우지도 자르지도 않은 프렌치토스트를 손으로 덥석 집어 한 입 베어 물었다. 축축한 빵이 입안에서 힘없이 허물어졌다. 정말 더럽게 맛이 없었다. 그런데도 끝까지 꾸역꾸역 먹었다. 그게 지금의 아빠와 나, 우리 가족을 상징하는 맛 같았다. 다 먹어 갈 때쯤 엄마가 말했다.

"이번 주 신상품 런칭하는 거 알고 있지? 시간 비워 둬."

엄마가 나에 대한 소문을 모를 리가 없다. 아무렇지 않은 척 하고 있지만 엄마는 이미 여러 조치를 했을 것이다. 나에 대한 글들이 많이 삭제되고, 그 여자가 내가 아니라는 반박 글도 보였다. 예전 같았으면 모른 척 삼켰겠지만 이번에는 엄마에게 굳이 상처를 드러내고 싶었다.

"엄마, 그거 나 맞아."

"알고 있어. 이미 조치 다 했으니까 넌 모른 척 시치미 떼면 돼. 걱정할 것 없어."

엄마는 건조하게 대답했다.

"엄마는 어떤데? 내가 걱정이 안 돼?"

"도은아. 너도 이제 곧 열아홉이야. 네 인생을 네가 책임질 나이라고. 언제까지 네가 사고 치고 엄마가 뒤치다꺼리해야겠니? 이번에는 네가 우리 회사 모델이니까 매니지먼트 차원에서 조치한 거야. 엄마로서는⋯⋯ 그래, 정말 실망이다."

"실망?"

"그래. 넌 남들의 이목이 쏠리는 사람이니까 행동거지를 바르게 하라고 엄마가 어릴 때부터 끊임없이 얘기하지 않았니? 그렇게 사람 많은 데서 있는 대로 성질을 부리고 칭찬 글이라도 달릴 줄 알았어? 그 성깔머리는 어디서 배운 거야."

"누구한테 배웠겠어."

"뭐라고?"

"엄마가 어렸을 때부터 나한테 얘기한 건 남들한테 얕보이지 말라는 거야. 아무한테나 마음 주지 말고 친절하지 말라고 엄마가 가르쳤어!"

내가 쏘아붙이자 엄마는 당황하며 말했다.

"이번엔 상황이 다르잖아."

"어릴 때부터 친구 하나 없이 자란 내가 어디서 배려를 배웠겠어? 친구 같은 건 필요 없다고 여기저기 날 끌고 다닌 건 엄마잖아."

"네가 선택한 거야. 이제 와서 엄마 탓하지 마."

"그럼 내가 누굴 탓해? 나는 누구한테 얘기해야 해? 응?"

감정이 격해져 울음이 터져 나왔다. 엄마 앞에서 눈물을 흘린 건 정말 오랜만이었다. 엄마도 당황해서 어쩔 줄을 몰라 했다. 안절부절못하던 엄마는 결국 나를 꼭 안았다. 엄마의 품에서 생각했다.

'그래, 엄마는 엄마였어.'

어색하게 엄마의 품에서 벗어나 눈물 없는 눈가를 닦았다. 놀랍게도 엄마 역시 일그러진 표정을 한 채 눈 주변을 쓸고 있었다. 추억 속에만 머무르던 감정을 현실에서 발견했을 때 반가움이 앞서고 눈물이 터져 나오는 이런 상황. 아빠가 말한 추억이 맛이란 게 이런 걸까?

나는 엄마의 눈을 빤히 바라보았다. 눈의 크기나 눈꼬리의 길이, 쌍꺼풀의 두께 등은 비주얼템으로 나와 있지만, 눈동자

만큼은 바꿀 수 없다. 곳곳에 있는 안구 인식 시스템을 사용하기 위해서다. 렌즈템으로 눈동자 색은 바꿀 수 있지만, 타고난 눈빛만큼은 진짜다. 나는 엄마가 가진 몇 안 되는 진짜인 눈동자를 빤히 바라보았다.

"왜?"

눈이 빨개진 엄마가 통명스럽게 물었다.

"그냥, 나도 엄마 진짜 얼굴을 본 지 오래된 것 같아서……. 우리 주말에 내추럴 시티로 놀러 갈까? 아니면 이 근처 공원에서는 사람들이 비주얼템을 해제하는 게 유행……."

"도은아."

엄마가 내 말을 끊더니 말했다.

"우리는 비주얼템으로 먹고사는 사람들이야. 자꾸 그렇게 비주얼템을 벗어날 궁리를 하는 곳에 엄마는 가고 싶지 않아. 그렇지 않아도 요즘 브이 캡슐이다 뭐다 너무 피곤한데, 너까지 왜 그러니?"

내가 원래 알던 엄마로 돌아왔다. 그 잠깐 사이 바보같이 무언가를 기대했었다. 기대만큼 이뤄진 적은 한 번도 없으면서 엄마가 조금이라도 살갑게 대하면 자꾸만 기대한다. 지독한 습관이다. 눈을 한번 질끈 감아 보였다. 알겠다는 대답 대신이다. 학교에 가려고 휙 돌아서 나왔는데 등 뒤에서 엄마가 소리쳤다.

"도은아, 도은아! 정신 바짝 차려! 학교 잘 갔다 와. 엄마 오늘 저녁은 못 들어와."

저렇게 우렁찬 엄마의 목소리를 들어 본 것도 오랜만이다. 이마저도 반가운 기분이 들어 스스로가 우스웠다.

🖉🖉🖉

택시에서 내리자마자 누군가가 내 등을 콕콕 두드렸다. 뒤돌아보니 송모현이 서 있었다.

"안녕?"

송모현은 마치 아주 오래전부터 친했던 친구처럼 인사했다. 그런 친구가 없어서 잘 모르지만 딱 그런 느낌이었다.

송모현과는 달리 나는 어색하게 손을 흔들었고, 그때 언제 왔는지도 모르게 갑자기 나타난 선예가 대뜸 말했다.

"도은아! 누구야?"

"아, 3반 친구. 어제 전학 왔대."

"어머, 도은아. 너 우리 말고도 친구가 생긴 거야? 에이, 새 친구 생겼다고 우리랑 멀어지는 거 아니지? 그러면 나 정말 실망이야."

'나는 너에게 실망도 아닌 절망을 느꼈어.'

선예의 가식적인 친근함에 질려 잠시 딴생각을 하고 있을 때 송모현이 대뜸 선예에게 손을 내밀며 말했다.

"안녕. 난 송모현이야. 만나서 반가워. 도은이와는 너네보다 더 친한 친구가 될 예정이야."

"뭐라고? 어제 전학 왔다며?"

"시간의 길이는 중요하지 않아. 얼마나 서로에게 마음을 다 했는지 그 농도가 중요한 거지. 안 그래? 도은아."

"으응……. 그렇지."

얼결에 고개를 끄덕이며 말하곤 선예를 바라보니 당황한 기색이 역력했다. 내 눈치를 살피더니 물었다.

"도은아. 뭐 서운한 거 있어?"

"아냐, 수업 시간 늦겠다. 어서 들어가자."

입을 삐죽 내민 선예 곁으로 마침 혜선이가 다가오더니 '왜? 왜?' 하고 입 모양으로 말했다. 혜선이는 선예에게 귓속말하더니 둘은 나보다 빠른 걸음으로 먼저 교실로 들어갔다.

* * *

엄마의 말대로 여러 조치를 해서일까? 확실히 어제보다 나

를 둘러싼 수군거림이 줄었다. 겉으로 보기에는 그냥 일상의 풍경을 되찾은 느낌이었다. 달라진 것은 쉬는 시간에 선예와 혜선이가 내 자리로 찾아오지 않는다는 것이다. 둘은 나를 힐끗대며 대화를 나눴다. 뭐, 사실 상관없다. 그런데 2년 반 정도 이어 온 우정 아닌 우정이 이렇게 하루만에 끝났다 생각하니 허무했다. 정말 송모현의 말대로 시간의 길이는 중요하지 않다. 그렇다고 송모현과 아직까지 농도 짙은 시간을 보낸 건 아니다. 송모현이 같은 반이었으면 좋았을 텐데……. 오늘 다시 볼 시간이 있을까? 이따가 3반 앞에 슬쩍 찾아가 볼까?

그런 생각을 하다가 고개를 저었다. 내가 지금 무슨 생각을 하는 거야.

3교시는 선택 수업인 토론 시간이라 세미나실로 이동했다. 뒷문 근처 구석진 곳에 앉았지만 다른 반 애들의 힐끗대는 시선이 느껴졌다. 이럴 때마다 나를 노출한 선예가 원망스러웠지만 그걸 티 낸 적은 없다. 원하는 만큼 충분히 비주얼템을 누리는 대가를 치르는 거라고 생각하며 견뎌 왔다.

고등학교에 진학할 때 엄마에게 학교에 다니지 않겠다고 한 적이 있다. 이미 중학생 때부터 모델 활동을 하느라 학교를 자주 빠졌고 친구가 없었다. 교복을 입은 나를 이곳저곳에 데리고 다닌 덕분에 차혜수의 딸이라는 게 소문나서 어쩌다 학교에 가면 구경거리가 됐다. 중학교를 졸업할 무렵부터 비주얼템 사용 인구가 급속도로 늘어나면서 엄마의 사업은 소위 대박을 터트렸고, 그에 맞춰 나도 비주얼템 사용자라면 누구나 다 아는 유명인이 되었다. 하지만 그사이 더 다양해진 비주얼템 덕분에 외모는 수시로 달라질 수 있어서 오히려 날 숨기기엔 수월했다. 유명하지만 아무도 날 모르는 사람, 그게 바로 나였다. 인플루언서 활동을 하는데도 방해가 되고, 혹시라도 내 정체가 드러날까 봐 학교에 다니지 않겠다고 하자 엄마는 그러라고 했지만 아빠가 반대했다. 다른 건 다 포기해도 그것만은 용납할 수 없다는 아빠의 완강한 태도에 엄마도 결국 동의했다. 아빠가 그렇게까지 날 학교에 다니게 하려던 이유가 무엇인지 아직도 알지 못한다. 결국 이렇게 구경거리나 되길 바란 건 아닐 텐데 말이다.

아무렇지 않은 척 먼 곳을 바라보고 있었다. 체육 수업을 마친 다른 반 남자애들이 내는 소음과 퀴퀴한 땀 냄새 때문에 인상이 찌푸려졌다. 그런데 그 냄새와 소리의 틈을 비집고 희미하게 좋은 향기가 실려 왔다. 이건 송모현의 향이다! 깨닫는 순간 어깨를 툭툭 치는 손이 느껴졌다.

"너도 이 수업 듣는구나. 옆에 앉아도 되지?"

내가 대답하기도 전에 옆자리에 철퍼덕 앉은 송모현이 씩 웃는다. 그런 모습을 보며 난 자꾸만 멍해진다. 내가 왜 이럴까 생각해 봤다.

사실 송모현은 뛰어난 미남은 아니다. 비주얼 시티 애들은 다들 제 개성대로 얼굴을 조합해 만들기 때문에 취향 차이는 있겠지만 대체로 다들 잘생겼고 예뻤다. 그러니까 비주얼 시티에선 평범한 얼굴이 잘생긴 얼굴인 셈이다. 그에 반해 송모현은 뭐랄까 다른 의미로 평범하고 자연스러웠다. 어쩌다 내추럴 시티에 갔을 때 보았던 얼굴이나, 어제 그 공원에서 간간이 보이던 비주얼템을 벗은 사람들과 비슷하게 생겼다. 아직 비주얼템을 착용하지 않는 어린아이의 얼굴처럼 순수해 보이기도 했다. 내가 끌리는 이유는 그래서일까? 나도 모르게 송모현의 옆얼굴을 빤히 바라보았다. 눈길을 의식한 건지 그가 고개를 돌려 나와 눈이 마주쳤다. 황급히 시선을 거뒀다. 얼굴이 화끈거리는 게 느껴졌다. 이럴 땐 어떤 순간에도 변함없는 피부 비주얼템을 착용한 게 정말 다행이다.

앞문이 열리더니 토론 선생님이 들어왔다. 선생님은 수업 주제를 화면에 띄웠다.

"오늘의 토론은 브이 캡슐 사용 논란에 관해 이야기해 볼 거예요. 최근에 브이 캡슐이란 상품이 인기인 건 잘 알고 있죠? 며칠 전 시위에서 다소 불쾌한 사고도 있었고요. 여러분들이 계속 비주얼 시티에서 살아가려면 한번쯤 생각해 봐야 할 민

감한 문제이기 때문에 오늘의 주제로 선정했습니다."

나서기 좋아하는 같은 반 남현호가 손을 번쩍 들더니 말했다.

"여기 있는 사람 중에 브이 캡슐을 좋아하는 사람도 있나요? 토론이 안 될 것 같은데요."

"맞아요. 설마 찬성 편, 반대 편 갈라서 토론하는 건 아니죠?"

"그러면 당연히 반대 편이 유리하죠. 불리해요!"

학생들의 볼멘소리가 이어졌지만 선생님은 아랑곳하지 않고 무작위로 토론 팀을 나눴다.

"토론 수업은 본인의 생각이 중요한 게 아니라 논리를 만드는 과정을 연습하는 수업입니다. 자기의 생각과 다르더라도 논리를 만드는 과정을 통해서 상대편 진영을 이해할 수도 있고요. 오늘 토론에서 우세한 팀은 평가 점수에 가산점을 줄 거예요. 그러니까 자기가 맡은 측의 논리를 잘 세워 보도록 해요. 자, 그러면 찬성 팀 명단부터 부를게요. 고미우, 김하연, 남현호, 차도은……."

찬성파와 반대파가 마주 보고 앉았다. 나의 맞은편에는 송모현이 있었다. 자꾸만 시선이 마주쳤다. 눈이 마주치면 송모현은 자꾸만 씩 웃었다. 나도 그냥 아무렇지 않게 같이 웃어 버리고 싶은데 그러지 못하고 자꾸만 눈길을 돌려 버렸다. 생각보다 행동이 앞서 버려서 내가 왜 그런 건지는 나도 모르겠다.

토론이 시작됐다. 찬성 팀이 된 것에 가장 불만이 많았던 남현호가 먼저 입을 열었다.

"저는 브이 캡슐을 찬성합니다. 브이 캡슐로 본 모습을 까발리면……. 아니, 본 모습이 나오면 서로를 더 잘 이해할 수 있지 않을까요?"

반대 팀인 송모현이 바로 이어 말했다.

"본 모습이 나와야만 서로를 이해할 수 있다는 건 무슨 근거에서죠?"

"그, 그건 그렇지 않습니까? 우리 다 여기 있는 사람들 진짜 얼굴을 모르잖아요. 서로 진짜 얼굴을 알게 되면 더 친근하게 느껴지지 않을까요?"

"만약에 그 얼굴에 상처가 있거나, 화상 자국이라도 있다면요? 그래도 더 친해질 수 있을까요?"

"글쎄요……. 아, 이래서 내가 찬성팀 하기 싫었다고!"

말문이 막히자 남현호는 푸르르 짜증을 내며 나를 바라봤다. 나는 송모현을 응시하며 말했다.

"상처 있거나 화상 자국을 가졌더라도 내 곁에 남아 있는 사람이 진짜 친구가 아닐까요?"

"그렇다면 브이 캡슐은 진짜 친구를 가려 내는 시험 도구란 말씀인가요? 비주얼 시티는 그런 것으로 인간관계를 시험하는 일을 바라지 않는 사람들이 모인 곳입니다."

송모현 대신 옆에 앉은 진주가 대답했다.

진주는 우리 학교에서 나만큼 비싸고 희귀한 비주얼템을 착용해 관심을 받는 아이다. 선예가 들러붙어 못살게 구는 것을 몇 번 보긴 했지만 굳이 참견하지는 않았다. 복잡해지고 싶지 않았기 때문이다. 나는 진주를 바라보며 다시 말했다.

"브이 캡슐을 사용한다고 해서 매번 시험에 들게 되는 것은 아니죠. 하지만 가끔은 시험 도구가 필요한 순간이 생겨요. 그래서 브이 캡슐을 찬성합니다."

찬성 팀이 되는 바람에 내 마음과 다른 말들을 입 밖으로 쉼 없이 꺼내니 속이 메스꺼울 지경이었다. 그만 입을 다물어야겠다고 생각한 그때, 진주가 나를 바라보며 물었다.

"며칠 전에 있었던 사건, 뉴스 보셨죠?"

불시에 날아온 질문에 머리를 맞은 듯 어지러웠다. 하지만 침착하게 말했다.

"네? 어떤 사건이요?"

"왜 모른 척 하세요? 브이 캡슐 시위에서 있었던 올누드 사태! 진짜 모르세요?"

"아, 그거요. 그건 실수였다고……. 시위 단체가 사과를 했고……."

"그 여자도 사과해야죠. 비주얼템 수십 개를 걸치고 도와주긴커녕 뿌리친 그 여자요."

"그게 이 토론과 무슨 상관이죠?"

"상관있죠. 그런 끔찍한 일이 브이 캡슐을 쓰게 된다면 언제 또 벌어질지 모르는 거 아닙니까?"

"그 여자가 기본적인 옷만 안에 입었어도 문제없었을 일이에요. 나한테도 벗어 줄 옷은 없었다고요."

"나요? 방금 본인이라고 하신 거예요?"

진주가 날카롭게 되받아쳤다. 정신이 번쩍 들어, 해서는 안 될 말을 내뱉어 버린 걸 깨달았다. 내 옆에 있던 남현호가 벌떡 일어나 날 바라보며 욕을 내뱉더니 말했다.

"야, 넌 양심도 없냐? 학교에서 뻔뻔하게 얼굴 들고 다니지 마라. 너 같은 것들 때문에 비주얼 시티가 통째로 욕먹는 거야."

나머지 아이들은 대놓고 말하진 않았지만 서로 수군대기 시작했다. 수업에 참여한 열 명 정도의 학생들은 나를 철저히 제외한 채 대화를 나누고 있었다. 난 그중의 누구와도 제대로 말을 나눠 본 아이가 없다는 걸 다시금 깨달았다. 선예와 혜선이가 있었다면 속마음이 어떻든 간에 감싸 줬을지도 모른다. 우습게도 그런 아쉬운 마음이 드는 게 사실이었다. 나 역시 그저 친구처럼 보이는 어떤 관계가 필요했을 뿐이었다.

"당해 보지 않고는 모르는 거잖아요."

웅성거리는 대화를 파고든 외침의 주인공은 송모현이었다. 덕분에 관심은 송모현에게로 향했다.

"여기에 있는 누구든 갑자기 비주얼템이 벗겨져 본 적이 있나요?"

송모현은 주머니를 뒤적이던 손을 빼 높이 들었다. 엄지와 검지에 잡힌 물체가 반짝 빛났다.

"브이 캡슐이다!"

남현호가 소리치자 그게 구령이라도 된 듯 모두 자리에서 벌떡 일어났다. 송모현 옆에 있던 김진주는 벌벌 떨며 뒷걸음질을 치다 넘어지기까지 했다. 순식간에 교실이 아수라장이 되자 선생님이 소리쳤다.

"그만! 토론하라고 했지. 싸우라고 했어? 그리고 송모현 학

생은 당장 그거 회수 조치하겠어요."

"무슨 근거로 뺏어 가신다는 거죠?"

"뭐라고? 수업을 방해하는 물건이니까 맡아 두겠다는 거야."

"브이 캡슐에 대해 토론하는 수업에서 브이 캡슐을 꺼내 든 게 왜 수업에 방해가 되는지 모르겠어요. 오히려 도움이 되는 것 아닌가요?"

"송모현 학생, 그건 교내에 반입하기에 부적절한 물건이에요."

어느새 논쟁의 주인공은 내가 아니라 선생님과 송모현이 되었다. 화가 난 선생님이 송모현에게 다가오던 그때, 수업 시간이 끝났다는 알람이 울렸다.

"징계 위원회에 넘겨서 조치하겠습니다. 오늘 수업은 이만 마치겠습니다."

선생님은 황급히 교실을 떠났다. 원래 토론에 이긴 팀은 점수를 받는다. 오늘은 어느 쪽도 보상이 없었다. 이렇게 흐지부지 끝나니 열을 올리며 토론한 시간이 무의미하게 느껴졌다. 허무했다.

"휴우……."

무심결에 한숨을 내뱉고는 정리를 하고 있는데 송모현이 내 옆으로 다가오더니 대뜸 말했다.

"점심 나랑 같이 먹을래?"

방금 있었던 소란의 당사자이면서도 주변의 학생들이 듣거나 말거나 상관없는 태도가 놀라웠다. 나는 작은 목소리로 대답했다.

"뜬금없이 무슨 소리야?"

"이따 점심시간에 교실 앞으로 갈게."

웃어 보이는 송모현을 물끄러미 바라보다가 다시 한번 피부 비주얼템에 감사했다. 분명 빨개졌을 볼은 숨겼지만 혹시 소리가 들릴까 걱정될 정도로 심장이 쿵쾅댔다. 대답하지 않고 먼저 일어나 세미나실을 나왔다.

교실로 가는 복도를 걷는데 주변을 둘러싼 수군거림이 점점 볼륨을 높여 가고 있었다. 내 고백 아닌 고백은 이미 저 끝 반까지 소문이 난 모양이다. 커넥트 키에 엄마의 메시지가 쌓이고 있었다. 학교에 스파이가 있는 게 틀림없다. 그렇지 않고서야 엄마가 이렇게나 금방 소식을 알 리가 없다. 귀에서 이명이 들리기 시작했다. 내가 비틀거리며 걷자, 복도에 있던 학생들이 나를 중심으로 갈라졌다. 내가 여기서 쓰러진대도 붙잡아

줄 사람은 아무도 없을 거다. 겨우겨우 복도 가장자리 벽을 짚고 서서 잠시 숨을 몰아쉬었다.

"괜찮아?"

송모현이었다.

"양호실에 데려다줄까?"

"아냐. 괜찮아. 조금 쉬면 나아질 거야."

송모현은 나를 부축해 우리 반까지 데려다주고는 종이쪽지한 장을 건넸다. 웬 쪽지? 피식 웃음이 났다.

"내 커넥트 키 번호야. 언제든 연결하고 싶을 때 해."

쪽지를 받아 들고 어쩔 줄 몰라 하는 사이 수업 종이 울렸다.

사각피대

점심시간에 교실 뒷문으로 나가려는데 송모현이 우뚝 서 있는 모습이 보였다. 날 발견하지 않았길 바라며 발길을 돌려 앞문으로 나갔다. 교내 식당 쪽으로 향하는데, 다급한 발소리가 들렸다. 송모현이 손목을 잡고 멈춰 세웠다. 그러더니 어깨에 메고 있던 가방 안을 보여 줬다. 학교 앞 샌드위치집 포장지가 보였다.

"사실은 오늘 너랑 점심 먹고 싶어서 아침에 사 왔어."

예정에 없었던 제안에 아까처럼 심장이 빠르게 뛰었다. 마음을 가다듬고 차분하게 말했다.

"점심이야 식당에서 먹어도 되잖아."

"식당은 신경 쓰이잖아. 그리고 이 집 샌드위치가 정말 맛있어 보이더라고……. 맛집인가?"

"뭐, 나쁘진 않대. 그럼 어디서 먹을까?"

"따라와 봐."

송모현은 다시 내 손목을 잡고 나를 이끌었다. 이 학교에 온
지 3일밖에 안 됐으면서 3년은 다닌 것처럼 군다. 그런데 놀랍
게도 송모현은 내가 2년 반 동안 한 번도 가 보지 않았던 장소
에 날 데려갔다. 체육관으로 가는 길 뒤편으로 이어진 샛길에
낡은 벤치가 놓여 있었다. 우리 둘은 벤치 쪽으로 느릿느릿 걸
어갔다. 앞쪽으로는 빽빽한 나무가 무성하고 입구 뒤편으로는
체육관 외벽이었다.

"조심해. 저 선을 넘어가면 비주얼템이 해제돼."

"뭐라고? 정말이야?"

"응. 저 가지가 뻗어 나온 나무 보이지? 거길 넘어가면 안
돼."

"어떻게 알았어?"

"그냥 학교 한 바퀴 둘러보려고 이리저리 걷다가 저기쯤 갔
더니 싹 다 사라져 버리던데? 나도 그런 적은 처음이라 놀랐
어."

"비주얼 시스템 사각지대구나."

나는 고개를 들어 건물 위를 살폈다.

"저 건물 때문에 광선 각도가 꺾여서 그런가 봐. 엄마한테 알려 줘야겠어."

"정말? 그냥 두면 안 돼?"

"그냥 두다니! 그러다 누군가 피해라도 보면 어떡하려고……."

"누가 저기까지 들어가겠어. 그냥 두고 싶어. 내가 발견한 비밀 장소 같아서 애착이 가."

이상한 고집을 부리는 송모현이 이해가 안 갔지만 딱히 반박할 말도 생각나지 않았다.

"알겠어. 그럼 이제 나 먹으라고 사 온 샌드위치 좀 줄래? 배고파."

"아, 맞다! 미안. 자, 여기! 무슨 맛 먹을래?"

"아무거나."

송모현은 치킨 샌드위치를 꺼내 포장지를 먹기 좋게 벗기고 쓱 내밀었다. 저런 몸에 밴 친절은 아무에게나 보여 주는 걸까 궁금했다.

"고마워."

샌드위치를 받아 들고 한 입 크게 베어 물었다. 학교 앞에 꽤 인기 있는 맛집인데도 난 이곳의 샌드위치를 먹어 본 적이 없다.

함께 갈 사람도 없었고, 혼자 갈 정도로 샌드위치를 좋아하는 것도 아니니 말이다. 그러고 보면 송모현이 있어 처음 경험하는 것들이 많았다. 만난 지 겨우 이틀이 되었을 뿐인데 말이다.

송모현은 옷소매를 올려 커넥트 키 버튼을 보여 주며 대뜸 말했다.

"그런데……. 연결 안 할 거야?"

샌드위치를 우물거리다 말고 송모현을 바라봤다. 눈짓으로 내 손목을 가리켰다.

"아, 난 커넥트 키 잘 안 써서……."

"그럼 앞으로 나랑 연락 안 돼도 상관없어?"

다른 사람과 지속되는 미래를 이야기 나눈 경험이 없었다. 오늘뿐만이 아니라 내일도, 모레도, 한 달 뒤에도, 1년 뒤에도 계속 이어지는 관계에 대해 상상해 본 적도 없었다. 이 역시 송모현이 나에게 처음 선사한 고민이었다. 선뜻 대답하기 어려웠다.

"며칠만 생각해 볼게."

"그래. 난 그냥 학교 밖에서 널 만나도 알아보고 싶어. 너인지 모른 채로 스쳐 지나갈 수도 있잖아."

"내가 알아보면 되잖아. 넌 이 얼굴 하나라며……."

"그건 좀 불공평하잖아."

"학교 밖에서 날 알아봐서 뭐 하려고?"

"너는 그걸······. 그렇게 묻는 사람이 어딨어?"

"그럼 어떻게 물어봐야 하는데?"

송모현은 날 물끄러미 바라보더니 차분한 목소리로 말했다.

"나는 늘 언제나 널 알아채고 싶어. 알아보고 더 많이 알아가고 싶어. 그게 내 마음이야."

다시 심장이 뛰기 시작했다. 아니, 심장은 계속 뛰고 있었겠지만 송모현은 이렇게 심장의 존재를 자꾸만 확인하게 만든다. 잠시 이어진 둘 사이의 침묵을 깬 건 점점 더 가까이 다가오는 소란스러운 말소리와 발걸음이었다.

"너 오늘까지 약속 안 지키면 내가 어떻게 한다고 했어? 이리 와! 당장!"

"제발, 제발 그것만은 뺏어 가지 말아 줘. 그것마저 너한테 주면 나 학교 못 다녀."

윽박지르는 익숙한 목소리. 선예였다. 겁에 질린 목소리의 주인공은 진주였다.

선예와 진주는 곧 우리 앞에 모습을 드러냈다. 선예가 진주를 떠밀어 진주가 넘어질 듯 비틀거렸다. 선예는 나와 송모현을 보고 깜짝 놀라더니, 한쪽 입꼬리를 올리고 실실 웃으며 말했다.

"뭐야? 너희 사귀냐?"

송모현이 벌떡 일어나 대꾸했다.

"사귀는지 아닌지 너한테 말할 이유는 없는데?"

송모현이 일을 키운다는 생각이 들었다. 가뜩이나 화제의 주인공인 내가 전학생과 연애까지 한다는 소문이 퍼지면…….
상상만 해도 골치가 아팠다.

"아니야. 얘기할 게 좀 있었어. 그러는 너는 여기 웬일이야?
진주는 왜 데리고 온 거야?"

"그거야말로 네가 상관할 바가 아니지. 얘기 다 했으면 좀 비켜 줄래? 진주랑 상의할 게 좀 있어서."

"진주 괴롭히는 거면 관둬."

"어머! 애인 앞에서는 갑자기 정의감이 샘솟나 보다? 위험에 빠진 사람은 구해 주지도 않고 내뺐으면서 오늘은 친하지도 않은 애한테 오지랖이야? 그냥 네 갈 길 가! 네 평소 인성 따라서."

선예 뒤에서 진주가 나에게 눈빛을 보내고 있었다. 마치 브이 캡슐 테러를 당했던 그 여자의 표정 같았다. 그때의 나는 아무것도 해 줄 것이 없었지만 지금은 가능하다. 진주를 선예에게서 떼어 놔야 했다.

나는 진주의 손을 붙잡고 내 쪽으로 휙 당겼다.

"이리 와."

선예가 질세라 진주의 다른 손을 붙잡고 잡아당겼다.

"어딜 도망가!"

진주의 손을 놓쳐 버렸다. 진주는 선예가 잡아끈 쪽으로 휘청거리며 뒤로 물러났다. 겁에 질린 채 뒤도 돌아보지 않고 빠르게 뒷걸음질했다. 선예는 그 모습을 보며 웃음을 터트렸다.

"하하하."

"어! 거기 들어가면 안 돼!"

송모현이 소리쳤을 때는 이미 늦었다. 준비 없이 비주얼 시스템 사각지대로 들어선 진주의 비주얼템이 순식간에 해제되었다.

교복 대신에 티셔츠와 반바지를 입고, 긴 생머리 대신 단발머리를 하고 있었다. 평소 쌍꺼풀진 큰 눈이 참 예뻤는데, 정작 진주의 진짜 눈은 가늘고 길며 쌍꺼풀이 없었다. 하지만 무엇보다 놀라운 것은 뺨이었다. 왼쪽 뺨은 빨갛게 부풀어 오른 흉터가 남아 있고, 오른쪽 뺨에는 길게 뻗은 상처가 크게 자리 잡고 있었다. 나도 모르게 흠칫 놀랄 만큼 징그럽게 생긴 상처였다. 진주는 깜짝 놀라 두 손으로 뺨을 가린 채 사각지대를 벗어나려 했다. 어느새 진주에게 다가온 선예가 진주의 다리를 걸어찼다. 진주는 다시 사각지대 안으로 쓰러졌다. 선예가 진주를 내려다보며 말했다.

"오늘은 이 정도만 해 둘게. 다음 시간까지 내가 부탁한 걸 안 갖고 오면, 그땐 두 명이 아니라 전교생 앞에서 네 진짜 모습이 들통날 거야."

선예는 나와 송모현을 지나쳐 사라졌다. 선예가 간 후, 진주가 바로 사각지대에서 나올 줄 알았는데 진주는 발목을 붙잡고 움직이지 못했다. 진주가 힘겹게 말했다.

"발목을 다친 것 같아. 못 일어나겠어."

진주는 선뜻 도와 달란 말을 하지 못했다. 나 역시 망설이고 있었다. 진주에게 다가간다면, 진주를 돕는다면, 지금까지 엄마 아빠에게조차 잘 보여 주지 않았던 내 진짜 모습을 송모현과 진주에게 보이게 된다. 나는 송모현을 바라보았다. 그렇게나 친절했던 송모현 역시 망설이고 있었다. 어쩔 줄을 모르고 있는데 진주가 말했다.

"내가 어떻게든 여길 나가 볼게. 조금만 기다려."

진주가 두 손으로 바닥을 짚고 다리를 질질 끌며 사각지대를 벗어나려 하기 시작했다. 너무나 힘겨워 보였다. 저대로 뒀다 가는 점심시간이 다 끝나도록 앞쪽으로 나오지 못할 것이다. 나는 진주에게 다가갔다. 사각지대로 내 발로 걸어 들어갔다. 진주는 비주얼템이 해제된 내 모습을 멍하니 바라보았다.

"자, 여길 붙잡아."

진주의 팔 사이로 내 어깨를 넣어 일으켜 세웠다. 진주를 부축해 한 발 한 발 걸었다. 우리 둘이 그토록 힘들게 걸음을 옮기는데도 송모현은 제자리에서 꼼짝하지 않았다. 눈동자가 흔들리는 것으로 봐선 감정이 없진 않았다. 비주얼 시티에 사는 누구나 다 마찬가지겠지만, 송모현은 특히나 비주얼템을 벗는 것에 공포감까지 가진 것처럼 보였다. 송모현의 태도에 의문이 들면서도 내 머릿속은 또 다른 의문이 가득했다.

'비주얼템이 해제된 내 모습을 보고 송모현은 무슨 생각을 했을까?'

겨우 사각지대를 벗어나자 진주와 나의 비주얼템이 제자리로 돌아왔다. 진주 얼굴에 있던 흉터도 말끔히 사라지고, 땀범벅이었던 내 모습도 깔끔하게 변했다.

그제야 송모현이 달려와 진주의 반대편 팔을 잡고 부축했다. 그런데도 꽤 힘들었다. 송모현은 생각보다 힘이 세진 않았다. 나는 송모현을 바라보았지만, 송모현은 나를 보지 않았다. 그렇게 양호실까지 우리 둘은 아니, 진주까지 셋은 아무 말 없이 걸었다.

양호실 침대에 진주를 눕히고 나오는 길에도, 각자의 교실로 돌아가는 길에도 우리는 아무 말이 없었다. 이대로 영원히 송모현과 아무런 사이도 아니게 될까 봐 두려웠다.

연결

집으로 돌아온 후 나는 줄곧 송모현이 줬던 쪽지를 들여다보고 있었다.

지금 당장 쪽지에 쓰인 커넥트 키 고유 번호 여덟 자리를 입력하면 송모현과 이야기를 나눌 수 있다. 아까부터 삼켰던 이야기를 다 꺼내 놓을 수 있다. 그런데 자꾸만 아까 송모현의 망설이던 태도가 기억에 밟혔다. 평소의 송모현이라면 내가 말리더라도 뛰어 들어갈 것만 같았는데, 분명 벌벌 떨고 있었다. 비주얼템도 몇 개 없다면서 왜 그렇게 비주얼템을 벗는 것을 두려워했던 걸까?

나 혼자 곱씹는다고 답이 나올 문제가 아니었다. 나는 내 커넥트 키의 연결 메뉴로 들어가 송모현의 번호를 입력했다.

- 상대방이 수락하면 연결이 시작됩니다.

메시지가 떠올랐다. 내가 연결을 요청하기만 하면 당연히 바로 이어질 것으로 생각했다. 오만이었다. 해 질 녘부터 저녁 내내, 어둠이 내리고 잠자리에 들기 전까지 온 신경을 집중해 기다렸지만 송모현은 끝내 연결되지 않았다.

잠들기 전 비주얼템을 모두 해제한 채로 거울 앞에 섰다. 송모현이 보았을 얼굴이다. 까무잡잡한 피부에 질끈 묶은 머리, 동그란 눈에 작은 코, 작은 입술, 그에 비해 귀는 지나치게 크다. 그래서 어린 시절에 아빠는 늘 나를 요정님이라 불렀다.

내 이런 외모에 실망했던 걸까? 비주얼템과의 차이가 너무 컸던 걸까?

'외모야 언제든 갈아 끼울 수 있어. 난 그런 능력이 있고, 앞으로 더 많이 보여 줄 수 있어.'

커넥트 키가 연결되면 이렇게 말해야겠다고 생각했다.

🖋️🖋️🖋️

새벽녘, 얼핏 잠이 깨었는데 커넥트 키에서 불빛이 깜빡이

고 있었다. 메시지가 있다는 신호다. 송모현이 나의 연결 요청
에 응답했다.

내가 확인 버튼을 누르자 곧바로 메시지가 왔다.

- 안 자?

- 방금 깼어.

- 나 때문에 깬 거야? 미안, 메시지를 보자마자 아침까지 참을 수가
  있어야지.

- 아니야. 기다리고 있던 건 아니고, 잠깐 깼는데 네 메시지가 와 있
  길래 확인한 것뿐이야.

- 그래? 난 메시지를 보내자마자 네가 확인해서 깜짝 놀랐어. 타이밍
  이 좋았네.

- 그런데 왜 이제야 연결했어?

- 아, 커넥트 키를 잠시 꺼 두고 있었어. 일이 좀 있었거든.

- 무슨 일?

- 별것 아니야. 어쨌든 네가 연결해 줘서 기뻐. 이제 너를 못 알아볼
  일은 없겠다.

- 사실 나는…….

- ?

- 네가 아까 내 모습을 보고 실망해서 연결을 안 하는 줄 알았어.

- 말도 안 돼.

- 그 일이 있고 난 후에 네가 아무 말도 안 했잖아.

- 사실 조금 당황했어. 나 자신에게 놀랐어. 마음은 분명히 도와줘야 겠다고 생각했는데 몸이 움직이질 않더라고. 네 얼굴도 보기 부끄 럽고……. 그래서 할 말이 없었어. 미안해.

- 아니야. 여기 사는 사람들이라면 쉽지 않은 일이지. 아! 넌 여기 사 는 사람이 아니잖아? 3일 만에 비주얼 시티 완벽 적응이네?

무거운 분위기를 풀어 보려 한 농담에 송모현은 한참 동안 답이 없었다.

- 왜 아무 말이 없어?

- 잠깐만, 너에게 들려주고 싶은 노래가 있어.

잠시 뒤에 송모현이 보낸 노래 제목을 보고 피식 웃음이 새 어 나왔다.

- 내가 이 노래 좋아하는 거 알고 보낸 거야?

- 정말? 회심의 선곡이었는데, 이미 아는 노래였다고?

- 응. 내가 제일 좋아하는 가수야. 공연도 갔었어.

- 정말? 네 에스엔에스(SNS)에서는 못 본 것 같은데.

- 초청받은 게 아니라 내가 혼자 예매해서 혼자 갔었거든. 그런데 너
  내 에스엔에스를 다 봤어?

- 그럼! 나도 그 수많은 팔로워 중의 한 명이야.

그 말을 듣자, 송모현의 특별함이 조금은 희석된 느낌이었
다. 그러나 한편으론 다행으로 느껴졌다. 겉으로 보이는 화려
한 모습을 송모현 역시 좋아했다는 뜻이니까. 어쩐지 자신감이
생겼다.

송모현과 나는 밤새도록 많은 이야기를 나눴다. 주로 좋아
하는 음악에 관한 이야기, 취미, 감명 깊게 본 영화, 좋아하는
음식 같은 시시콜콜한 이야기였지만, 서로에 대해 순식간에 더
깊게 알게 된 느낌이었다.

얼마나 시간이 흘렀을까. 아래층에서 엄마가 출근 준비하는
소리가 들렸다. 암막 커튼을 들춰 보니 벌써 어슴푸레 날이 밝
아오고 있었다.

- 큰일 났다. 우리 날 샜어. 그만 끊고 조금 있다 학교에서 만나.

- 지금 자면 한 시간은 잘 수 있어.

- 한 시간만 자고 어떻게 일어나. 그냥 이대로 버텨야지.

- 그럼 우리 한 시간 일찍 등교할래?

- 정말? 그럼 어디서 만날까?

- 학교에서 너무 가까운 곳은 좀 그러니까 너희 집 근처에서 볼까?
  우리 집에서 학교까지 가는 길 중간쯤에 너희 집이 있잖아.

- 그래, 그런데 너 우리 집을 어떻게 알아?

- 그냥 너희 동네를 아는 거지. 비주얼 시티에 네가 사는 동네를 모르
  는 사람이 있을까?

- 하긴…… 그러면 이곳으로 와.

나는 우리 집 근처 한적한 카페의 좌표를 전송했다. 가끔 아침에 허기가 지면 들러서 아침을 먹곤 했던 곳이다.

모현이와 연결을 끊고 간단히 세수한 다음 비주얼템 보관소를 열었다. 오늘의 컨셉은 청순함으로 정했다. 긴 생머리, 작은 계란형 얼굴, 연한 눈화장을 한 큰 눈을 선택하고, 입술 색도 너무 진하지 않게 설정했다. 제법 맘에 들었다.

준비를 마치고 집을 나서려다가 문득 마음에 걸리는 게 있

어 거울 앞에 다시 섰다. 모든 비주얼템을 해제했다. 거울 속 화장기 없는 민얼굴이 초라하게 느껴졌다. 혹시라도 어제처럼 갑작스럽게 비주얼템이 벗겨진다면, 또다시 이 모습을 모현이에게 들키게 된다. 그건 싫었다.

다시 내 방 화장대 앞에 앉았다. 정말 오랜만에 민낯에 화장했다. 익숙하지 않아 오히려 못생겨진 것만 같았다.

다시 다 지워 버리고 싶었지만, 이미 시간이 많이 흘러 버렸다.

'설마 또 그런 일이 일어나겠어?'

망한 화장 위에 다시 비주얼템을 적용했다. 이제 다시 봐 줄 만하다.

'그래. 어차피 모현이가 보는 건 이 얼굴이잖아.'

집을 나와 카페를 향해 달렸다. 모현이보다 일찍 가서 기다리고 싶었다. 그 계획은 틀어졌다. 이미 모현이가 도착한 모양이다. 카페가 가까워질수록 커넥트 키의 알람이 차곡차곡 울렸다.

- 100미터 안에 연결된 송모현이 있습니다.
- 50미터 안에 연결된 송모현이 있습니다.

- 10미터 안에 연결된 송모현이 있습니다.

- 송모현이 당신의 반경 3미터 안에 있습니다.

카페 문을 열자 앉아있던 모현이가 환한 웃음을 지으며 벌떡 일어났다. 나는 잠시 멈춰 서서 모현이를 바라보았다. 커넥트 키 알람이 계속 올리고 있었다.

- 1미터 안에 연결된 송모현이 있습니다.

- 운동 중인가요? 당신의 심박수가 평소보다 빠릅니다.

나는 잠시 숨을 고르고 그대로 모현이에게 다가가 손을 잡았다.

"지금 당신과 연결된 사람은 송모현입니다."

태어나서 처음 들어보는 커넥트 키의 안내 멘트였다.

피해

밤새 이야기를 나눴지만, 더 할 이야기가 남아 있었다. 태어난 곳도, 자란 곳도, 사는 곳도, 다닌 학교도, 성별도 달랐으니까 당연했다. 끝도 없이 이야기를 나누다가 등교 시간이 다 되어가 함께 택시를 타려는데, 내 커넥트 키에 자꾸만 영상 통화 수신 알람이 울렸다. 엄마였다. 엄마가 이 시간에 연락할 일이 없는데 불길했다. 끈질기게 계속 알람이 와서 결국 엄마를 연결했다. 엄마는 연결되자마자 대뜸 소리를 질렀다.

"차도은! 내가 조심하라고 했지! 이제 어떡할 거야! 어쩔 거냐고!"

"무슨 소리야. 무슨 뉴스?"

"너 아직 학교 안 갔어? 뉴스도 못 봤어? 잠깐, 그러면 학교에 가지 마. 지금 당장 집으로 와! 당장!"

어리둥절한 나에게 모현이가 뉴스 화면을 띄워 줬다. 어제 비주얼 시스템 사각지대에 들어갔던 내 모습이 찍힌 동영상이었다. 비주얼템이 모조리 벗겨진 내 모습이 적나라하게 드러나고, 나를 잘 알지도 못하는 학생이 인터뷰하고 있었다.

"수업 시간에 자기 입으로 얘길 하더라니까요. 피해자를 뿌리친 사람이 자기라고."

다음으로는 놀랍게도 선예가 천연덕스럽게 인터뷰를 하고 있었다.

"자기도 좀 미안하긴 했나 봐요. 그러니까 위험에 빠진 학생을 도와줬겠죠. 도은이의 본 모습은 이렇게 착하다는 것을 증명하고 싶었어요."

동영상은 선예가 유포한 것이었다. 어쩐지 어제 순순히 자리를 피한다 싶었는데 이런 폭탄을 던질 줄은 몰랐다.

"어떡할까? 집으로 돌아갈까?"

모현이가 물었다.

"아니, 그냥 가자. 학교."

"괜찮겠어?"

"죄지은 것도 아니잖아. 이런 일로 결석하기 싫어."

모현이가 말없이 내 손을 꼭 잡았다. 마침 택시가 교문 앞에 도착했다. 모현이가 먼저 차에서 내렸다. 웬일인지 송모현은 날 기다리지 않고 먼저 앞서 걸었다. 그리고 내가 택시에서 내려 송모현을 쫓아가려던 순간, 한 남자가 나에게 뚜벅뚜벅 걸어왔다. 그러더니 내 머리 위로 무언가를 던졌다. 반짝 작은 빛이 보이더니, 그 안에서 뿜어져 나온 물질이 나를 감쌌다. 브이 캡슐 공격이었다. 순식간에 내 비주얼템이 벗겨졌다. 등교하던 아이들이 일제히 둘러싸고 사진을 찍어 대기 시작했다. 혼란스러운 와중에 나에게 브이 캡슐을 던진 남자가 큰 소리로 외쳤다.

"여러분, 인플루언서 차도은도 리얼리티에 합류했습니다! 우리 모두 가짜를 벗고 진짜 모습으로 돌아갑시다!"

뭐라고? 누가? 어디에 합류를 했다고? 도대체 무슨 소리인지 모를 말을 외치는 그 남자 너머로 모현이가 보였다. 지금 당장 나에게 달려와 줄 것만 같던 그 애는 나에게서 뒷걸음질 치고 있었다. 서서히 멀어져 갔다.

귀에서 이명이 들리기 시작했다. 삑삑 소리가 점점 커져 정신을 차릴 수 없었다. 비틀거리며 주저앉으려는데 누군가 날 부축했다. 아빠였다.

"집에 가자."

몸을 일으켜 아빠에게 기대는 순간, 브이 캡슐은 수명을 다

하고 비주얼템이 제자리로 돌아왔다. 날 둘러싼 사람들이 작게 탄식을 내뱉었다.

고음의 이명에 섞여 사람들이 수군대는 이야기가 드문드문 뾰족하게 찔러 들어왔다.

"차도은은 이제 끝이네. 리얼리티에 가입했다는 건 진짜야?"

"저 얼굴에 뭘 믿고 리얼리티에 가입한다는 거야? 자기도 내추럴 인플루언서라도 되겠다는 건가?"

"솔직히 엄마 덕에 지금까지 잘나갔지. 브이 캡슐 한 방이면 이렇게 정체가 드러나는데 뭘 믿고 설쳤나 몰라."

이해할 수 있는 말과 이해가 안 되는 말이 함께 섞여 흘러 들려왔다. 이대로 이곳을 벗어난다면 난 다시 풀리지 않는 의문 속에 잠겨 버릴 것이다. 또다시 스스로 만들어 낸 질문의 바다에 빠지고 싶지 않았다. 허리를 바로 세우고 아빠에게 잡힌 팔을 빼냈다. 뾰족한 말이 들려왔던 쪽으로 걸어갔다.

"도은아!"

아빠가 날 부르며 다시 내 곁에 섰지만 상관없었다. 나는 사람들을 둘러보며 말했다.

"차도은은 이제 끝이라고 누가 말씀하셨죠?"

아무도 나서지 않았다. 난 계속 말했다.

"저는 리얼리티에 가입하지 않았습니다. 브이 캡슐의 피해자입니다."

더 크게 말했지만 사람들은 내 눈을 피했다. 등교하던 아이들은 슬금슬금 교문으로 향했고, 지나가다 구경하던 사람들도 서서히 흩어졌다. 이제 나는 흥밋거리가 아니다. 내 앞에서는 아무런 대답도 없던 사람들이 온라인 게시판에서는 신나게 떠들어 대겠지.

아빠를 따라 학교 대신 집으로 향했다. 집으로 돌아와 커넥트 키를 꺼 두고 커튼을 쳤다. 밤새 한숨도 자지 않았으니 잠이 쏟아졌다. 나를 잠 못 들게 했던 원인인 모현이가 생각났다. 나에게 다가오지 않고 뒷걸음질 치던 모습이 머릿속에서 반복 재생됐다. 그렇게 계속 모현이만 떠올리다가 깊은 잠에 빠져들었다.

⚋ ⚋ ⚋

얼마나 잤을까? 방이 어두워 가늠되지 않았다. 더듬더듬 창문으로 다가가 커튼을 젖혔더니 바깥은 이미 어스름했다. 방에서 나와 아래층으로 내려가려는데 안방에서 아빠의 통화 소리가 들려왔다.

"무슨 뜻인지 모르겠어? 무조건 그만두라고! 도은이가 피해를 볼 줄 알았다면 협조하지도 않았어! 모현이도 이럴 줄은 몰랐다며 충격이 이만저만이 아니래. 그래, 만나서 얘기해. 내가 모현이랑 같이 본부로 갈게."

'모현이? 아빠가 모현이를 어떻게 알지? 모현이랑 같이 어딜 간다는 거지?'

아빠가 안방에서 나오길래 슬쩍 문에 몸을 숨겼다. 아빠의 커넥트 키 불빛이 깜빡이는 게 보였다. 아빠는 메시지를 확인하더니 집을 나섰다. 아빠는 모현이를 만나러 나가는 게 분명했다. 이대로 있을 수 없었다. 나는 비주얼템 보관소를 열어 가장 나답지 않은 코디를 했다.

숏컷 단발에 헐렁한 티셔츠와 카고 바지를 입고, 굽이 높은 운동화를 신었다. 얼핏 보아서는 남자애 같아 보이는 차림이었다. 뒷마당으로 내려가 돌아 나가려는데 담장 너머로 아빠의 목소리가 들렸다.

"지금 당장 함께 가자. 내추럴 시티에 가서 구체적인 계획을 다시 세워야겠어."

"저는 도은이 옆에 있어 주고 싶어요."

아빠와 함께 있는 사람은 모현이였다. 모현이가 왜 아빠와 이야기를 하고 있지? 도무지 알 수 없었다. 아빠가 화가 난 목소리로 말했다.

"그렇게 도망가 놓고도 이제서야 도은이를 위한다고? 난 도은이 아빠야. 도은이에게 또 무슨 일이 생기면 나도 더는 참기 어려울 거다. 따라와라."

저벅저벅 두 사람의 발소리가 멀어져 갔다. 잠시 뒤, 슬그머니 집을 나와 두 사람의 발소리가 향한 곳으로 달렸다. 어디로 향했는지 보이지 않았다. 커넥트 키는 꺼 두었기에 나도 두 사람도 서로를 추적할 수는 없었다. 아까 아빠가 모현이에게 내추럴 시티로 가자던 말이 생각났다. 둘은 분명 열차를 타러 갔을 것이다. 러시 아워라 택시가 쉽게 잡히지 않았다. 겨우 배차를 받아 5분여 만에 역에 도착했다. 내추럴 시티로 퇴근하는 사람들 때문에 정말 복잡했다. 이리저리 둘러봐도 모현이와 아빠는 보이지 않았다. 플랫폼으로 열차가 들어오고 있었다. 이 열차를 타야 하는지 고민하고 있는데, 멀리서 아빠와 모현이가 헐레벌떡 뛰어오는 게 보였다. 아마 택시 잡는 것을 포기하고 모노 레일을 탔던 모양이다.

아빠와 모현이는 막 도착한 열차에 올라탔다. 나도 바로 다음 칸에 탑승했다. 열차가 출발하자마자 나는 사람들 사이를 비집고 옆 칸이 보이는 연결 통로까지 갔다. 유리창 너머로 아빠와 모현이의 뒷모습이 보였다. 지금까지 들킬 위험은 없었다. 하지만 곧 열차는 내추럴 시티로 들어가게 된다. 바삐 뛰어나오는 도중에도 안경과 버킷 해트를 챙겨 와서 다행이다.

열차가 도시의 경계를 넘기 전 안내 방송이 들려왔다.

"승객 여러분, 우리 열차는 곧 내추럴 시티로 들어갑니다. 모든 비주얼템이 해제될 예정이니 유의하시길 바랍니다."

방송이 들린 지 얼마 되지 않아 내추럴 시티 경계에 있는 역에 도착했다. 열차가 플랫폼에 멈추자, 나를 포함한 모든 사람이 착용하고 있던 비주얼템이 모두 사라졌다. 아직 열차에 남은 사람들이 옷매무시를 가다듬었다. 나 역시 모자를 깊게 눌러쓰고 뿔테 안경을 썼다.

열차는 다시 출발했고, 유리창 너머 아빠와 모현이는 아직 내리지 않았다. 역시나 아빠는 비주얼 시티에서 있을 때와 같은 모습이었고, 모현이는 걸치고 있는 옷이 달라졌다. 뒤돌아선데다가 후드 티의 모자를 눌러 쓰고 있어서 모현이의 얼굴이 잘 보이지 않았다. 얼핏 봐선 어깨가 좀 좁아진 듯도 했다. 모현이의 얼굴을 보기 위해 이리저리 고개를 빼고 바라보다가 유리창에 비친 내 모습을 보고 피식 웃어 버렸다. 나 역시 폭력적인 호기심을 가진, 내가 혐오했던 사람들과 다를 바가 없었다.

열차는 다음 역에 도착했다. 갑자기 많은 사람이 내렸다. 열차 안의 인구 밀도가 듬성듬성해져 연결 통로에 서 있는 게 오히려 눈에 띄었다. 눈치를 보며 이리저리 앉을 만한 곳을 찾았다. 마침 건너편이 보이는 자리가 비어 있어 옮기려는데, 건너편에서 모현이가 쏜살같이 열차에서 뛰쳐나가는 게 보였다. 닫히기 시작하던 열차 문이 다시 열리고, 아빠가 모현이를 쫓아 열차에서 내렸다. 나 역시 어쩔 줄을 모르다가 겨우 열차에서 내렸다.

플랫폼에 서서 이리저리 두리번댔다. 모현이는 이미 보이지 않고, 열차로 두 칸 정도 떨어진 곳에 아빠가 보였다. 나는 들키지 않게 조심하면서 반대 방향으로 돌아섰다. 어디로 가야 할지도 모르면서 빠르게 걷기 시작했다. 그런데 뒤쪽에서 나보다 더 빠르게 다가오는 발소리가 있었다. 발소리가 멈추더니 내 어깨를 잡았다.

"도은아! 우리 요정님!"

날 이렇게 부르는 사람은 아빠밖에 없다. 깨닫는 순간 아빠가 날 돌려세웠다. 내 얼굴을 보더니 눈물까지 글썽이며 말했다.

"여긴 어쩐 일이야. 설마 아빠 따라서 온 거니? 몸은 괜찮아?"

"괜찮아요. 그런데 모현이는요? 모현인 어딨어요?"

"모현이 때문에 따라왔구나. 갑자기 도망가길래 왜 그런가 싶었는데 네 얼굴을 본 모양이야. 너도 모현이를 봤니?"

"뒷모습밖에 못 봤어요. 모현이랑 아빠는 도대체 무슨 사이예요?"

"그건 조금은 긴 이야기가 필요하단다. 언젠가 너와 얘기해야겠다고 생각했는데……. 바로 지금인 것 같다."

"무슨 이야기인데요. 얘기해 보세요."

"모현이와 가려던 곳을 너와 함께 가야겠다. 가서 얘기하자."

내 생각보다 훨씬 더 깊은 관계인 듯한 모현이와 아빠의 사이 그리고, 내 얼굴을 보고 사라져 버린 모현이……. 자꾸만 이상한 상상이 펼쳐졌다. 기분이 나쁜 예측을 떨쳐내려고 힘차게 고개를 저어 보았다.

중독마을

아빠가 날 데리고 간 곳은 시내 한복판에 있는 호텔처럼 보이는 건물이었다. 안으로 들어와 보니 호텔이 아니라는 것을 알았는데, 병원의 입원실 같기도 하고 창살이 없는 감옥 같기도 했다. 아빠와 내가 복도를 지나가자 직원으로 보이는 사람이 아빠를 보고 고개를 숙여 인사했다.

"아빠. 여긴 뭐 하는 곳이에요?"

아빠는 대답하지 않고 복도 끝까지 걸어가 문을 열었다. 따라 들어가자 건물 곳곳을 비추는 시시티브이(CCTV) 화면이 가득한 벽면이 있었고, 낡은 책상과 수많은 책과 서류 더미가 눈에 들어왔다. 아빠가 나를 돌아보며 말했다.

"방에 머무는 사람들은 비주얼템 중증 중독자들이야. 이곳은 중독 치료 센터 겸 리얼리티의 본부다. 그리고 나는……."

"설마……. 아빠도 리얼리티 회원이에요?"

"나는 리얼리티의 첫 번째 회원이야. 내가 브이 캡슐을 만들고, 리얼리티를 조직했지."

"뭐라고요? 도대체 왜 그런 짓을……. 엄마도 알아요?"

"내가 브이 캡슐을 만든 첫 번째 이유는 엄마를 되찾기 위해서야. 엄마의 중독증은 이미 심각한 상태란다. 도은아, 너까지 아프면 아빠는 정말 견딜 수 없을 것 같아."

"나는 멀쩡해요."

"하루 24시간 중에서 23시간을 비주얼템을 뒤집어쓰고 있는데 괜찮다고? 애초에 네 엄마와 내가 비주얼템을 만들 때는 이런 의도가 아니었다. 잠깐이라도 외모로 인한 스트레스를 벗을 수 있게 하자는 게 개발 이유였어. 하지만 네 엄마는 점점 비주얼템에 잡아먹혔지. 내가 깨달았을 때는 이미 말릴 수 없는 지경이었다. 그때부터 아빠는 비주얼템 해제 물질 개발에 매달렸어. 브이 캡슐은 그 결과물인 거고."

"중독증에 걸리면 약으로 치료해야지. 왜 비주얼템을 벗겨요?"

"스스로가 내 본래의 모습을 사랑할 수 있어야만 해방될 수 있어. 비주얼템으로 자꾸 가리다 보면 결국 자기 자신조차 내가 누군지 알 수 없게 된단다."

연설처럼 늘어놓는 아빠의 이야기를 흘려들으며 내 눈은 시시티브이에 고정돼 있었다. 2층 끝방은 처음에는 비어 있는 듯 보였는데, 자세히 보니 구석에 작은 아이가 앉아 있는 모습이 보였다. 나는 손가락으로 화면을 가리키며 물었다.

"아빠, 이 방에 있는 아이도 중독증이에요?"

"혜은이? 같이 가 볼래?"

대답 대신 고개를 끄덕이고 아빠를 따라갔다. 문을 열고 방 안으로 들어갔는데도 혜은이란 아이는 고개를 푹 숙인 채 들지 않았다. 아빠가 아이 앞에 쪼그리고 앉아 물었다.

"혜은아? 왜 이러고 있어? 뒷마당에 친구들이 숨바꼭질하고 있던데?"

혜은이는 대답하지 않고 고개를 저었다. 나는 가까이 다가가 손을 잡고 말했다.

"같이 가 줄까?"

어린아이에게 그다지 친하게 굴지 않는데 이상하게 혜은이에게는 마음이 움직였다. 옆으로 다가가 눈을 맞춰 보려 애를 썼다. 혜은이가 고개를 들더니 물었다.

"언니, 비주얼템 갖고 있어요?"

뜻밖의 질문에 잠시 멈칫했지만, 차분히 대답했다.

"비주얼템이야 정말 많이 갖고 있지만 여기는 소용없는 내추럴 시티잖아."

"비주얼템이 없으면 너무 금방 들켜 버려요. 그건 숨바꼭질이 아니에요. 다른 모습으로 변장하면 끝까지 남을 수 있어요. 그래서 난 비주얼 시티로 가고 싶어요. 그런데 엄마가 안 된대요."

간절히 나를 올려다보는 혜은이의 눈빛이 어쩐지 익숙한 느낌이 들었다.

"혜은이를 보고 네 생각이 많이 나더구나."

아빠의 말을 듣고 나서야 내 감정의 원인을 알 수 있었다. 혜은이에게서 어린 시절 내 모습이 겹쳐 보였기 때문이다.

***

내가 초등학생이던 10여 년 전에는 아직 비주얼 시티와 내추럴 시티의 경계가 불분명했다. 비주얼 시티로 지정된 지역이 있었지만, 거기에 산다고 해서 무조건 비주얼템을 착용하는 건 아니었다. 특히 어린아이들은 더욱 그랬다. 작은 소품 정도만 비주얼템을 착용하거나, 얼굴에 난 상처를 가리는 용도 정도였다.

그런 친구들과 함께 숨바꼭질할 때면 왠지 모를 승부욕이 불타올랐다. 나는 적당한 장소에 숨자마자 비주얼템으로 얼굴을 바꾸고 나를 감췄다. 아무리 나를 찾아도 나는 없었다. 나를 찾기에 지친 친구들은 점차 나를 외면했다. 숨바꼭질 놀이에 날 끼워 주지 않았다. 그때 그냥 비주얼템을 포기하면 됐을 텐데……. 너희와 노는 동안만이라도 진짜 모습을 보여 주겠다고 약속했다면 됐을 텐데 그러지 못했다. 그런 날들이 이어지자 자연스럽게 난 외톨이가 되었다.

✐✐✐

웅크리고 있던 혜은이가 일어나 내 바짓가랑이를 붙잡고 말했다.

"언니, 저를 다시 비주얼 시티로 데려가 주세요. 언니가 유명한 사람이라던데요? 부탁해요."

"언니가 그런 능력은 없어. 조금 더 크면 갈 수 있을 거야."

어떤 사연인지는 모르지만, 짐작 가는 바가 있어 그렇게 대답했다. 마침 혜은이를 담당하는 보호사가 들어와 말했다.

"혜은이 상담 시간이에요. 이만 나가 주세요."

아이의 천진한 부탁과 더 실랑이하지 않을 수 있어서 다행이었다.

다시 아빠의 사무실로 돌아왔다. 이곳에 오게 된 이유이기도 한, 중요한 할 이야기가 남아 있었다. 아빠는 조금 전 만났던 혜은이 애기부터 꺼냈다.

"혜은이네는 비주얼 시티에 살다가 지난달에 내추럴 시티로 이사를 왔어. 명랑한 성격이었는데 여기 온 이후로 심각한 우울 증상을 보인다는구나."

"그럼 다시 비주얼 시티로 가면 되잖아요. 아님, 일주일에 몇 번이라도 다녀오면 안 돼요?"

"그건 근본적인 치료법이 아니지. 어린 시절부터 가짜 세상에 물들여지면 돌이키기가 어렵단다."

여기까지 말하고는 아빠는 나를 빤히 바라보았다.

'도은이 너처럼 돌이킬 수 없게 돼.'

아빠가 삼킨 말이 들리는 것 같았다. 어색한 침묵을 깨기 위해 가장 묻고 싶었던 질문을 했다.

"모현이와 아빠는 무슨 사이예요?"

"너는 무슨 사이니?"

"네?"

"너랑 모현이, 그냥 친구일 뿐이니?"

나는 잠시 숨을 골랐다가 말했다.

"내가 모현이를 많이 좋아해요."

"모현이는?"

갑자기 자신이 없었다. 모현이의 진실한 감정까진 알 수 없다. 다만 서로 같은 마음일 거라 여겼다. 감정의 크기가 다를 수는 있어도 그 결은 같을 거라고 믿었다. 그래서 이곳까지 모현이를 좇아온 것이기도 했다. 아빠의 눈을 똑바로 바라보며 말했다.

"모현이와 저는 분명히 서로 사랑하는 사이예요."

"아니다."

"네?"

"모현이는 아니야."

"무슨 뜻이에요?"

"모현이는 리얼리티 회원이고 너에게 의도적으로 접근했다. 리얼리티 내부에 생겨난 반동 세력이 너를 테러 타깃으로 정한 모양이야. 모현이는 그 계획에 동조했어."

"아니, 잠깐! 잠깐만요. 반동? 내가 타깃이라고요? 도대체 무슨 말이에요?"

"반동 세력은 브이 캡슐이 점점 더 널리 쓰이게 될 것을 두려워했어. 그렇게 되면 비주얼 시티가 무너질 거로 생각했지. 그걸 막기 위해서는 네가 필요하다고 여겼던 모양이야."

나는 여전히 이해가 가지 않아 그저 아빠를 바라보았다. 아빠가 말을 이었다.

"모현이 역시 비주얼 시티를 지키고 싶었대. 반동 세력은 비주얼템 핵심 기술을 통제하길 원했고, 너한테 일부러 접근해서 엄마와 회사에 대한 정보를 빼낼 생각이었던 모양이야. 그런 계획은 당연히 나 모르게 진행됐던 거고……."

"모현이가 일부러 나한테 접근했다고요? 나한테 했던 말들이 다 거짓말이란 건가요?"

"너에게 뭐라고 했는지 아빠는 모르지만, 대부분이 거짓일 거다. 오늘 아침 사건 역시 모현이의 도움으로 진행된 거야. 택시에서 내리는 시간과 장소까지 다 모현이가 짰다는구나."

"왜 그런 짓을……. 그렇게 정성스럽게 사기를 쳤다고요?"

"네가 테러를 당했을 때 본인이 구해 주면 네가 더 의지할 거라고 예상했나 봐."

"그럼 계획대로 날 구해 주지 왜 도망쳤대요?"

아빠는 대답 대신 컴퓨터에서 찾아낸 동영상 파일을 보여 주었다. 화면 속에서 한 아이가 울고 있었다. 멀리서 관찰한 카메라로 찍은 거라 얼굴이 잘 보이지 않았지만, 흐릿한 이목구비로 봐도 분명 모현이었다. 울던 아이는 주변에 보이는 물건들을 닥치는 대로 집어던지기 시작했다. 어른들이 다가와 말리고 아이는 지친 듯 쓰러졌다.

"모현이를 처음 만났을 때 보다시피 정말 심각한 상황이었어. 모현이 같은 경우는 도무지 비주얼템으로부터 벗어날 수 없었지. 그래서 내추럴 시티에 살면서 비주얼 시티의 학교로 등하교 하는 방향으로 치료 계획을 세웠는데, 그 과정에서 반동 세력 사람들과 알게 된 모양이야. 자세한 건 나도 조사를 해 봐야 한다."

아빠가 하는 말이 어떤 뜻인지 머리로는 이해했다. 모현이는 날 좋아해서 가깝게 지내려 한 게 아니다. 그래. 이제야 모든 게 맞아떨어진다. 기다리고 있다는 듯이 도움이 필요한 순간마다 모현이가 나타나 지나치게 적절한 친절을 베풀었는데도 의심하지 않았던 내가 한심스러웠다.

"그런데 말이다."

아빠가 날 바라보며 말했다.

"모현이가 그러더구나. 처음에는 작전이었지만 지금은 아니라고……. 너에게 용서를 구하고 싶대. 아까 열차에서 한 얘기야."

"용서라니요?"

"그러니까 모현이 말은, 너와 가까워지다 보니 생각하지 못한 감정이 생겨났대. 아침에 도망친 이유도 그래서였나 보더라. 너에게도 솔직하게 말하겠다고 해서 반동 세력 사람들과 갈등도 생긴 모양이야."

"그럼 처음 생각은 뭐였는데요? 어떤 생각이 어떻게 바뀌었는데요?"

"그건 모현이와 직접 이야기해 보는 게 낫지 않겠니?"

내가 입을 다물자 아빠는 커넥트 키를 한 번 보더니 덧붙여 말했다.

"오늘 아침에 만났던 카페에서 기다리겠대."

"기다리지 말라고 하세요."

이만 자리에서 일어나 내 일상으로 가야지. 내추럴 시티에서 너무 오래 머물렀어. 비주얼 시티로 가서 나를 한껏 꾸미면 기분이 괜찮아질 거야. 이따위 진실을 알고 싶진 않았는데…… 아니, 이제라도 알아서 다행인가. 모현이를 만나서 이야기를 해야겠어. 아니, 만난다고 뭐가 달라져? 날 속이는 데 성공해서 아주 뿌듯했겠지. 더러워. 잊어버릴 거야. 절대 다시 만나지 않을 거야.

여러 가지 색의 물감을 부어 섞는 것처럼 다양한 감정이 이리저리 소용돌이치다가 결국엔 한데 모여 어두워졌다. 자리에서 일어났다. 이곳을 벗어나야겠어.

"갈게요."

"도은아, 지나고 나면 이건 아무 일도 아니다. 누구나 만났다 헤어질 수 있고, 감정이란 건 언제든 좋은 사람을 만나면 다시 생길 수 있어!"

아빠가 내 손을 잡고 한껏 다정한 표정을 하며 말했다. 나는 아빠의 손을 기운 없이 뿌리쳤다.

* * *

치료 센터를 나와 다른 곳은 들리지 않고 곧장 비주얼 시티로 가는 열차를 탔다. 아까 집에서 나올 때만 해도 모현이를 찾기 전까지는 돌아가지 않겠다고 다짐했었다. 하지만 이제는 찾을 필요도, 만날 이유도 없어졌다.

* * *

열차는 비주얼 시티의 첫 역에 도착했다. 집에 가려면 나도 이곳에서 내려야 했다. 플랫폼에 있는 수많은 비주얼 부스마다 줄이 길게 늘어서 있었다. 자연스럽게 나도 줄에 합류했다. 그런데 주변에서 자꾸만 힐끗대는 게 느껴졌다. 사실 아까 열차를 타고 오면서부터 계속 그랬다. 짐작 가는 바가 있었다. 아침에 있었던 테러 때문에 내 진짜 얼굴이 더 적나라하게 공개됐을 것이다. 모자 아래로 보이는 얼굴만으로 날 알아본 것이다. 왜들 그렇게 나한테 관심이 많은 걸까? 이토록 평범한 얼굴이 얼마나 확 달라질지 다들 궁금해 미칠 지경이겠지.

나는 줄에서 빠져나와 모자를 더 깊게 눌러썼다. 그리고 달리기 시작했다. 왜 달리는지도 모르고 힘껏 달렸다. 지겨운 시선들에서 벗어나고 싶었다. 난데없이 길거리에서 전력 질주하는 사람은 오히려 더 관심을 끈다는 사실은 상관없었다. 속도가 날수록 기분 나쁜 기운들이 몸에서 떨어져 나가는 느낌이 들었다. 목적도 없이 달리다 문득, 모현이가 집 앞 카페에서 기다리겠다고 했다는 게 생각났다. 아빠가 그 메시지를 전달한 건 대략 세 시간 전이다. 설마 지금까지 기다리고 있을까?

이리저리 헤매다 우리 동네에 다다랐을 땐 숨이 턱까지 차오르고 다리가 후들거렸다. 헉헉대며 언덕을 올라갔다. 언덕 끝에 있는 우리 집 앞에 누군가 서성이는 게 보였다. 서서히 다가갔다. 실루엣은 점점 선명해졌다. 오늘 아침까지만 해도 온 힘을 다해 사랑하리라 다짐했던, 그러나 지금은 생전 경험해 보지 못한 고통 속으로 날 끌고 들어간 사람. 모현이다.

모현이가 울 듯한 표정으로 나를 바라보았다. 그의 얼굴을 보는 순간, 우습게도 안도감이 들었다. 아주아주 무겁고 포근한 이불을 머리끝에서부터 뒤집어쓰는 느낌이 들었다. 그 무게에 짓눌려 허물어졌다. 다리에 힘이 풀려 그 자리에 주저앉았다. 모현이가 달려와 나를 안고 꺼이꺼이 울었다. 멍한 기분으로 모현의 울음소리를 들으며, 아까 보았던 모현의 어린 시절 동영상을 떠올렸다.

'모현아, 너에게 비주얼템은 무슨 의미니? 왜 이토록 오랜 시간 동안 괴로워하는 거니?'

다시 연결

송모현과 연락이 끊긴 지 한 달이 흘렀다. 모현이는 나를 떳떳하게 바라볼 수 없다며 학교를 떠났고 그대로 끝이었다. 많은 것이 달라졌지만 서서히 모현이가 없던 시절처럼 지내려 했다. 선예, 혜선이와는 여전히 데면데면하지만 그렇다고 못 볼 사이도 아니었다. 애초에 서로 간격을 너무 좁혔던 게 문제다. 그냥 평소대로, 예전대로 거리를 유지한다면 상처받을 일도 줄 일도 없다. 그런데 자꾸만 내가 쳐 놓은 경계선 안으로 들어오려는 이가 있었다.

진주였다.

나중에야 알게 된 사실이지만 진주는 엄마의 스파이였다. 엄마는 얼굴의 큰 흉터를 가리고 싶었던 연약한 소녀에게 다가갔던 것이다. 원하는 비주얼템을 주고 학교에서의 나를 상세히 보고하도록 했다. 진주는 엄마의 요구에 따르면서도 나에 대해선 질투심을 키웠다. 그런데 사각지대에서의 그 일 이후, 엄마에게 스파이 노릇을 그만하겠다고 선언했다.

그 후로 진주는 선예의 괴롭힘으로부터 벗어나기 위해서인지, 나에게 어떤 동질감을 느껴선지 모르겠지만 자꾸만 내 영역 안으로 들어왔다. 쉬는 시간에 일부러 자리에 와서 말을 걸거나, 점심시간에 같은 식탁에 앉아 관심 없는 이야기를 떠들어 댔다. 그동안 봐 온 진주의 성격은 먼저 남에게 다가가는 스타일이 아니었는데 왜 갑자기 이렇게 적극적인 타입이 된 건지 떨떠름했다.

점심시간에 식당에서 묻지도 않고 내 앞에 앉는 진주에게 말했다.

"자리 있어."

"응?"

"네가 앉은 자리. 자리 있다고. 다른 데 가서 앉아."

진주는 순순히 옆으로 비켜 앉더니 내 눈치를 보았다. 말없이 밥을 먹다가 한참 지나도 아무도 오지 않자 진주가 말했다.

"저기, 도은아. 아무도 안 오는데? 나 너한테 할 말 있어."

내가 대꾸하지 않자 진주가 덧붙였다.

"모현이 얘기야."

아빠도 엄마도 내 앞에서 꺼내지 않았던 이름이었다. 왜 진주 입에서 모현이 얘기가 나왔는지 어쩔 수 없이 궁금했다. 하지만 내 호기심을 티 내고 싶지 않았다. 난 말없이 그릇들을 정리해 자리에서 일어섰다. 진주가 급히 따라 일어서며 말했다.

"모현이가 좀……. 많이 힘들어해."

마음이 움찔 움직였지만, 가까스로 걸음을 멈추지 않았다. 마치 아무런 말을 듣지 못한 것처럼 지나쳐 앞만 보고 걸었다. 진주는 말 붙이길 포기한 채 다시 자리에 앉았다.

태연한 척 교실로 돌아왔지만, 머릿속은 이미 엉클어졌다.

모현이가 힘들어? 자기가 먼저 나에게 접근해 놓고, 계획도 성공했는데 네가 힘든 게 뭐야? 설마 정말 날 사랑이라도 했다는 거야? 적을 사랑한 스파이. 뭐 그런 거?

모현이에게 쏟아 낼 말들이 쌓이고 쌓여 폭발 직전이었다.

한 달 전 모현이와 관계를 끝낸 그날부터 남아 있었고, 생겨나고, 재구성된 물음들이었다.

✐✐✐

진실을 알게 됐던 그날, 모현이는 깊고 긴 울음을 마치고 이렇게 말했다.

"이게 모두를 위한 길이라고 생각했어. 반동 세력 사람들이 너를 통해서 비주얼템 정보를 얻을 수 있을 거라 그러더라고……. 너는 비주얼템에 중독돼서 그걸 지켜 주는 사람에게 무조건 끌리게 되어 있다고……."

"왜 내가 알지도 못하는 사람들이 나에 대해서 내가 모르는 계획을 세우고들 있는 거야? 도무지 이해할 수가 없어."

"너는 비주얼 시티의 상징이잖아."

"상징처럼 추켜세워진 것도, 한순간에 바닥으로 끌려 내려진 것도 다 내 의지가 아니었어. 그렇게 해 달라고 바란 적 없다고!"

"미안해. 정말 미안해."

모현이는 더 이상 말을 잇지 못하고 울먹이기 시작했다. 이 눈물의 의미는 무엇일까? 미안함? 죄책감? 부끄러움? 아니면 혹시라도 사랑은 아닐까? 자꾸만 좋은 쪽으로 생각하려는 내가 스스로 한심했다. 더 멍청한 꼴은 보이고 싶지 않아 그에게서 몸을 돌렸다.

"그런데 도은아."

여전히 다정하게 부르는 내 이름에 멈칫할 수밖에 없었다.

"나 너를 만난 후에 달라졌어. 처음으로 비주얼템이 없어도 되겠다고 생각했어. 언젠가 네 앞에 당당하게 나설 수 있을 때 그때는 내가 모든 걸 보여 줄게."

"나는 이제 널 만날 생각이 없어."

"나도 이제 모르겠어. 그냥 이대로 모든 계획을 다 접고, 리얼리티니 브이 캡슐이니 그런 것들에서 벗어나서 그냥 비주얼 시티에서 너랑 행복해지고 싶어."

"그럴 기회를 스스로 버린 건 바로 너야."

"맞아. 내가 다 망쳤어."

고개를 떨군 모현이는 몸을 일으켜 세웠다. 그리고 그대로 떠났다. 그게 끝이었다.

***

하교 시간, 가방을 정리하고 있는데 진주가 다가와 말했다.

"정말 안 궁금해?"

"뭐가?"

무엇을 묻는 건지 알면서도 모른 척했다. 하지만 온 신경이 곤두서 있었다. 당장 무슨 일인지 얘길 해 보라고 하고 싶었다. 다행히 그 말이 튀어나오기 전에 진주가 말을 이었다.

"모현이가 많이 아파. 요새 내가 내추럴 시티 치료 센터에 다니거든. 거기서 모현이를 만났어. 널 많이 보고 싶어 해. 커넥트 키로 메시지를 많이 보냈나 보던데, 연결이 끊겼다고 속상해하더라. 한번 만나 봐. 꼴이 말이 아니야. 비주얼 시티에 있을 때와는 좀 많이 달라졌어."

"어떻게? 달라졌는데?"

"음……. 뭐랄까. 편해 보이면서도 어색하고, 불안해 보이면서도 행복해 보이고……. 그런데 분명한 건 널 많이 그리워한다는 거야. 부럽더라. 누굴 그렇게 좋아할 수 있다는 게. 나이젠 널 도와주고 싶어. 그래서 모현이 소식도 알려 주는 거야."

"그래. 알겠어. 고마워."

나도 모르게 고맙다고 했다. 꾹꾹 눌러 참았던 그리움이 쏟아졌다. 내 진짜 마음을 안에 감추고 배신감이라는 벽으로 꽁꽁 둘러쌌었는데, 모현이에 대한 소식만으로 힘없이 와르르 무너지고 있었다.

결국 커넥트 키를 다시 켰다. 그동안 출결 체크 같은 부득이

한 일이 아니면 켜지 않았다. 모현이와의 연결도 끊어 놓고 있었다. 커넥트 키에 접속되자 수많은 알람이 떠올랐다.

모현이는 매일매일 재연결을 요청하고 있었다. 연결되기 전엔 읽을 수 없는 메시지도 많이 보냈다. 다시 연결하기가 두려웠다. 이렇게 쉽게 용서해도 되는 걸까?

모현이가 나에게 다시 고백해 온다면 거절할 자신이 없었다. 반대로 모현이가 나에게 매달리지 않을까 봐 그것도 두려웠다. 이렇게나 간절한 사람이 나뿐이라면 그 절망감을 견딜 방법도 없었다.

떨리는 손으로 커넥트 키의 연결 버튼을 눌렀다. 그리고 오래된 메시지부터 확인했다. 미안하다는 말, 용서해 달라는 말, 사랑한다는 말, 다시 시작하자는 말까지 있었지만, 가장 중요한 말이 빠져 있었다. 모현이에게 비주얼템이란 무엇인지, 왜 사랑하는 사람에게 다가올 때조차 비주얼템을 벗을 수 없는지 그 이유가 궁금했다.

내 궁금증은 마지막 메시지에서 풀릴 단서가 나왔다.

- 도은아. 나는 이곳에서 치료받고 많이 좋아졌어. 이제 네 앞에 진짜 모습으로 설 용기가 생겼어. 9월 21일 오후 6시 반에 내추럴 시티 희

내 공원의 사자 동상 앞으로 와 줄래? 네가 오지 않는다면 너에게 더는 메시지를 보내지 않을게. 네가 꼭 봤으면 좋겠다. 기다릴게.

9월 21일은 바로 오늘, 현재 시간은 5시 15분이었다.

해피

시간이 없었다. 당장 출발해야 제시간에 도착할 수 있다. 나는 가까운 비주얼 부스로 들어가 모든 비주얼템을 해제했다. 내추럴 시티에서 남들에게 보일 내 모습을 점검했다. 심플한 반팔 티와 트레이닝 바지 차림의 내가 거울 속에 있었다. 집에 가서 조금 더 그럴듯한 옷으로 갈아입고 나올까 하다가 그만 두었다. 집에 들른다면 (모현이가 마음대로 잡아 버린) 약속 시간을 맞추기도 어렵고, 이미 내 모습을 다 들켜 버렸는데 꾸며서 무엇 하나 싶기도 했다. 무엇보다 나를 속이고 배신한 남자애에게 잘 보이려고 노력하고 싶지 않았다. 한숨을 한 번 깊게 내쉰 다음, 다시 비주얼템을 착용하고 부스를 나왔다.

내추럴 시티로 가는 열차 안에서 모현이의 메시지를 다시 들여다보았다. 만약 오늘 이 메시지를 열어 보지 않았다면 어떻게 됐을까? 이대로 끝이었을까? 당장 답장을 보내 내가 지금 간다는 것을 알리고 싶지만, 되도록 마지막까지 참을 것이다. 사소하지만 포기할 수 없는 복수였다. 모현이가 날 사랑하는 게 맞다면, 끝까지 애달파 하길 바랐다. 모현이에게 내가 가고 있다는 것을 알리기 싫어 커넥트 키도 꺼 두었다.

열차에서 내려 출구로 나가는 길, 얼굴을 가릴 것을 준비하지 않은 탓에 주위 사람들의 힐긋대는 시선이 느껴졌다. 한 달 전과 비교하면 훨씬 줄어들긴 했다. 대중의 관심은 쉽게 모였다가 더 쉽게 흩어졌다. 한 달 사이 나의 팔로워 수는 지속적인 내림세이고, 끊임없던 협찬 제의도 뜸해졌다. 어쩌면 이번 기회에 그냥 평범한 열여덟 살로 돌아갈 수도 있을까?

약속 장소인 공원은 역에서 그리 멀지 않았다. 마음의 준비를 채 마치기 전에 도착해 버렸다. 사자 동상을 향해 천천히 걸어갔다. 마치 사자의 등 뒤에서 몰래 다가가듯 조용히 살금살금 움직였다. 갑자기 사자가 뒤돌아 날 덮치기라도 할 것처럼 난 두려웠고 긴장돼 있었다.

시간을 확인했다. 6시 25분. 약속 시간까지는 5분 정도 남았다. 근처에 모현이가 있을지 모르니 주변을 서성이는 사람들을 유심히 살폈다. 조바심이 들어 커넥트 키를 켰더니 곧바로 알람이 울렸다.

- 10미터 안에 연결된 송모현이 있습니다.

황급히 주변을 살폈다. 가장 가까운 곳에 가족으로 보이는
어린아이와 아빠 또래의 어른, 무리 지어 다니는 중학생쯤 되
어 보이는 소년들, 먼발치 벤치에 고개를 숙이고 책을 읽고 있
는 내 또래의 단발머리 소녀가 보였다.

6시 30분이 되자 소녀가 책을 덮더니 일어났다. 내가 서 있
는 쪽을 똑바로 바라보더니 다가왔다. 소녀와 나의 거리가 가
까워지자 커넥트 키 알람이 다시 울렸다.

- 5미터 안에 연결된 송모현이 있습니다.

소녀가 다가올수록 설마 하는 의심은 확신으로 바뀌었다.
소녀는 모현이와 거의 같은 얼굴을 하고 있었다. 모현이의 얼
굴을 한 소녀가 내 앞에 섰다.

- 1미터 안에 연결된 송모현이 있습니다.

혼란스러운 와중에 소녀가 말했다.

"와 주었네. 정말 다행이야."

"누구…… 세요? 아, 혹시…… 모현이 누나인가요? 여동생? 모현이는 어디 있어요? 아픈가요? 아무리 남매라고 해도 다른 사람의 커넥트 키를 착용할 수는 없는데……."

"내가 모현이야."

"응? 그게 무슨 소리인지……."

"이게 내 진짜 모습이야. 내 비주얼템은 넓은 어깨와 가슴 팍, 짧은 헤어스타일 이런 거였어. 그걸 다 벗은 내 모습은 바로 이거야."

소녀의 단발머리가 찰랑댔다. 나는 도무지 무슨 말인지 믿어지지 않아 그 흔들리는 머리칼을 그저 멍하니 바라보기만 했다. 소녀는 나를 향해 한 번 미소를 짓더니 눈짓으로 따라오라며 신호했다. 난 쭈뼛거리며 따라갈 수밖에 없었다. 뒤따라가며 소녀의 걸음걸이가 모현이와 놀랍도록 똑같다는 것을 알았다. 정말 이 소녀가 모현이라고?

"휴……."

소녀는 벤치에 앉으며 깊게 한숨을 한 번 쉬었다. 별수 없이 나도 옆에 앉았다. 소녀는 고개를 떨군 채로 긴 이야기를 풀어

놓기 시작했다.

"나는 어렸을 때부터 남자가 되고 싶었어. 아니, 그냥 남자였어. 단지 생물학적 성이 여자일 뿐이지. 어른이 되면 수술을 하고 완전한 남자가 되고 싶었어. 하지만 굳이 그럴 필요도 없다는 걸 알게 됐지. 비주얼 시티에서는 겉모습만 남자로 꾸미면 아무도 내가 여자라는 사실을 알 수 없잖아. 그때부터 나는 비주얼템만을 내 인생 목표로 삼기 시작했어. 비주얼 시티에 살지 않는 우리 집이 싫어서 가출도 하고, 나를 낳아 준 부모님을 원망하기도 했지. 아직도 처음 비주얼템을 손에 넣었던 날이 생각나. 그것만 가지면 내 인생이 달라질 것 같았어. 그날부터 비주얼템을 얻을 수만 있다면 어떤 일이든 닥치는 대로 하기 시작했어. 점점 더 엇나가게 됐지. 그 당시엔 그런 줄도 몰랐지만 말이야. 결국 부모님이 날 치료 센터로 보냈어. 너희 아빠의 도움으로 난 매우 괜찮아졌었어. 그런데 반동 세력 형이 날 꼬드기기 시작했어."

"나한테 접근하라고?"

"그건 계획 중의 일부였어. 형들은 어차피 너는 내추럴 시티에서 살 수 없다고, 네가 아무리 치료를 받아 봐야 네 성적 정체성은 달라질 수 없다고 했지. 맞는 얘기였어. 도은아, 사실

난 내추럴 시티에서 여자로 살아갈 자신이 없었어. 그래서 결심했지. 형들이 시키는 대로 너와 친해지고 너를 이용해 브이캡슐의 정당성을 훼손할 계획이었어. 그래야만 비주얼 시티가 사라지지 않을 테니까. 그런데 말야, 도은아."

모현이는 여기까지 얘기하더니 나를 바라보고, 침을 한번 꿀꺽 삼켰다.

"예상치 못한 변수였어. 내가 널 좋아하게 될 줄 몰랐으니까. 더 괴로웠어. 내 정체가 발각되면 어차피 끝날 관계라는 게 날 더 힘들게 했어."

"넌 네 정체를 밝히지도 않았잖아. 난 네 진짜 모습을 볼 기회조차 없었어."

"맞아. 좀 더 솔직했다면 얼마나 좋았을까? 네가 좋아질 때쯤 그냥 고백했다면 어땠을까. 만약에, 네가 날 용서했다면 어땠을까? 만약, 내가 형들의 제안을 거절했다면 어땠을까? 아니, 차라리 내가 태어나지 않았더라면……. 이제는 필요 없어진 가정들을 하면서 후회하고 또 후회했어."

"나도 그랬어."

나도 모르게 불쑥 말이 나왔다. 모현이가 푹 숙였던 고개를 들어 날 바라보더니 말했다.

"뭘?"

"만약에 우리가 만나지 않았다면 어땠을까? 네가 도와줄 때 거절했다면 어땠을까? 네가 점심을 먹자고 할 때 같이 가지 않았다면 어땠을까? 너와 함께 공원을 걷지 않았다면 어땠을까? 그런 가정들 말이야. 그런데, 모현아. 너와 떨어져 있던 그 시간 동안에 난 그런 '만약에'들은 다 소용없다는 걸 알게 됐어. 과거에 우리가 어떠했든 간에 지금의 감정이 진짜라는 걸 믿기로 했거든. 그래서 오늘 내가 여기에 온 거야."

"나도 진짜야. 내가 남자든 여자든 간에, 비주얼 시티든 내추럴 시티든, 비주얼템이든 브이 캡슐이든 다 상관없어. 너에게 생겨 버린 내 진짜 마음은 달라지지 않았어. 숨기고 싶지 않아. 아니, 오히려 처음보다 더 절실해졌어. 그렇다면 우리 문제없지 않을까?"

"문제가 없진 않지."

더 이을 말이 생각나지 않았다. 머리가 복잡했다. 그렇게 한동안 미동도 없이 앉아 있었다. 한 달 전에는 나를 속인 사기꾼이었다가, 이제는 나를 여전히 사랑한다고 고백하는 여자애와 함께 있다. 모현이가 슬쩍 내 곁으로 가까이 다가오더니 손을 포갰다. 따뜻했다. 내가 놀라서 바라보자, 이번에는 내 어깨에 머리를 기댔다. 모현이의 머리칼이 내 볼을 스쳤다. 기분이 나쁘지 않았다. 아니, 오히려 예전처럼 심장이 두근댔다.

우리는 이제 어떻게 될까? 아직 아무것도 모르겠다. 분명한 건 단 하나, 이제 예전의 나로 돌아갈 수는 없단 사실뿐이다.

　사람과 사람이 만났을 때 가장 먼저 눈에 들어오는 건 외모입니다. 지금까지 살아온 경험을 통해서 우리는 단 몇 초 만에 상대를 스캔하죠. 정확한 데이터는 아닐지라도 나름의 기준으로 첫인상을 평가합니다.

　외모가 경쟁력이라는 말도 있고, 예쁘고 잘생긴 사람에게 끌리는 건 본능이라고도 합니다. 많은 사람이 기왕이면 조금 더 보기 좋은 외모를 갖고 싶어서 노력합니다. 타인에게 조금 더 좋은 인상을 주기 위해서이기도 하고, 스스로 자신감을 얻고 싶기 때문이기도 하죠.

　'과학 기술이 발전해 쉽게 외모를 취향대로 커스텀할 수 있다면 얼마나 편리할까?'

　단순한 상상에서 이 이야기가 시작되었습니다.

　부스스한 머릿결을 정돈하지 않아도, 얼굴을 덮은 여드름 치료에 조금 게을러도 괜찮은, 진짜 외모를 감추고 이상적인 겉모습을 보여줄 수 있는 세상을 그려 보았죠. 그리고 당연하게도 그곳에 있을 사랑에 대해서 생각해 봤습니다.

내가 좋아하는 사람의 취향에 맞춰 외모를 만들 수 있고, 그런 겉모습 때문에 첫눈에 반해 사랑을 시작할 수도 있겠지만, 결국 서로의 감정이 깊어지도록 만드는 건 그 이상의 '무엇'이 필요할 겁니다. 무엇은 보이지 않습니다. 드러내고 싶어도 쉽지 않아요. 사랑이 깊어지는 사이에서 그저 느낄 뿐이죠. 그래서 더 소중하고, 유일해집니다.

이미 '무엇'이 생겨 버린 사이에서 상대가 상상치도 못한 진짜 외모를 갖고 있다는 걸 알게 된다면, 계속 그 '무엇'을 지킬 수 있을까요?

그 무엇의 생각을 계속하다가 소설이 완성되었습니다.

글 쓰는 아내를 늘 격려하고 자랑스러워하는 남편과, 나중에 크면 엄마 책에 그림을 그리겠단 딸 이진에게 사랑을 전합니다. 그리고 무엇보다 비주얼 시티에 방문해주신 독자 여러분 고맙습니다. 처음이라 부족할지라도, 어느 정도 마음에 드셨다면 다음 작품도 기대해 주세요.

갈 듯 가지 않는 여름의 끝자락에서

이재은

브이 캡슐

1판 1쇄 발행일 2024년 9월 6일

글쓴이 이재은 펴낸곳 (주)도서출판 북멘토 펴낸이 김태완

편집주간 이은아 편집 김경란, 조정우 디자인 안상준 마케팅 강보람, 민지원, 염승연

출판등록 제6-800호.(2006. 6. 13.)

주소 03990 서울시 마포구 월드컵북로 6길 69(연남동 567-11) IK빌딩 3층

전화 02-332-4885 팩스 02-6021-4885

🔵 bookmentorbooks.co.kr   ✉ bookmentorbooks@hanmail.net

📷 bookmentorbooks__   ⓑ blog.naver.com/bookmentorbook

ISBN 978-89-6319-600-8 03810